시간의 잎으로 피어나다

시간의 잎으로 피어나다

1판 1쇄 발행　2024년 2월 20일

지은이　　정훈모
발행인　　이선우
펴낸곳　　도서출판 선우미디어
　　　　　등록 | 1997. 8. 7 제305-2014-000020
　　　　　02643 서울시 동대문구 장한로 12길 40, 101동 203호
　　　　　☎ 2272-3351, 3352 팩스: 2272-5540
　　　　　sunwoome@hanmail.net
　　　　　Printed in Korea ⓒ 2024. 정훈모

13,000원

ISBN 978-89-5658-756-1 03810
ISBN 978-89-5658-757-8 05810(PDF)

시간의 잎으로 피어나다

정훈모 수필집

선우미디어 sunwoomedia

다시 꿈을 꾼다

괴테는 『파우스트』에서 "인간은 지향이 있는 한 방황한다" 라고 했다. 나는 어머니 아내 그리고 한 인간으로서 50년 동안 방황을 했다. 일상에서의 방황은 일단락되었지만, 글의 세계에서의 방황은 다시 시작되었다.

나는 생활계획표를 다시 쓰기 시작했다. 월, 수, 금은 아침 6시 반에 일어나 국선도 운동을 가고, 화, 목은 그림을 그리고 나머지 시간은 책 읽기와 글쓰기에 매달렸다.

시간이 많으면 글이 잘 써질 줄 알았다. 그러나 나의 언어 보따리는 한정되어 있어 단어들을 찾을 수 없었다. 떠다니는 어휘들은 부유하는 먼지처럼 많지만 잡히지 않았다.

시집을 읽고 영화를 보고 음악을 들으면서 노력했지만, 만만치가 않았다. 디카 에세이가 유행이라며 짧은 수필을 써보라고 하지만 나와는 맞지 않았다. 나는 감각형 인간이 아니라 중얼거리며 풀어쓰는 서술형 인간이었다.

이제 남은 시간이 얼마 없다고 느끼자 초조해졌고, 그동안 보고 듣고 느끼며, 좋은 글을 써야 한다는 강박관념이 나를 붙들고 놓지 않았다. '좋은'이라는 말에 매달리다 나는 오히려 많은 것을 잃었다. 그저 열심히 쓰다 보면 편안한 글이 나오는 것을 알기까지 시간이 걸렸다.

세상의 위대한 일은 지속적인 것들의 합이다. 꾸준히 차근차근 나만의 속도로 움직이는 근기(根氣)가 필요하다.

약간은 미련할 정도로 한 걸음 한 걸음씩 움직이면 목표에 다다를 수 있다는 것을 믿고 쓰자.

잠을 자야 꿈을 꾸듯이 나는 계속 앞을 보고 걸어가며 글을 쓸 것이다. 서두르지 않고 에스더처럼 때를 기다리며 기도할 것이다.

이번 수필집은 손안에 들어가는 작은 수필집으로 읽기 좋게 만들었다. 그동안 견디게 하고 행복하게 만든 글들을 모아보았다. 책을 위해 힘써주신 이경은 선생님과 그림지도를 해주신 심현애, 노은희 선생님 그리고 남태령과 수수회 회원들에게 고마움을 전합니다.

2024년 봄을 기다리며

운해(雲海) 정훈모

차례

책머리에

2 * 손끝에서 가장 먼 곳까지

1

*

곱다랗게 기다리다

여름,
숲으로 가면 나무들의 아우성을 들을 수 있고
바다로 가면 파도들의 함성을 들을 수 있다.
시집들 속에서 어휘들을 낚고 있는
나는 이 무더위가 덥지 않다.
가끔 눈물도 찔끔거리고 슬며시 웃기도 하면서 행복하다.
오늘도 책상 위의 곱다랗게 기다리는
책들 속에서 어휘를 주워 보따리에 담는다.
－본문 중에서

4월의 바람

우울하고 힘든 나날들이 나를 지치게 한다. 봄은 왔건만 내 마음은 아직 겨울이다.

〈마음을 담은 클래식〉을 들으러 예술의 전당에 갔다.

라흐마니노프의 피아노협주곡 제2번 C단조 OP18을 들었다 이 곡은 1899년부터 1901년에 걸쳐 완성된 명작이다.

25세 때부터 신경쇠약에 걸려 고통스러운 생활을 하고 있던, 그는 니콜리아 딜 박사를 만나 암시요법으로 회복되고 이 곡을 썼다. 박사는 매일 그에게 "당신은 좋은 작품을 쓸 수 있다. 그것은 대단히 훌륭한 것이 될 것이다"라는 암시를 주었다고 한다.

제1악장은 첫 부분부터 장중하고 인상적인 터치로 '크렘린의 종소리'라는 별명을 가지고 있다. 이윽고 오케스트라가 제1 주제를 힘차게 유도하고, 피아노는 그 주제를 에워싸고 섬세하게 받는다.

제2 주제는 독주 피아노로 전개되는 시적이고 서정적인 선율이다. 느린 부분은 몽환적으로 갖가지 환영들이 스쳐 지나간다. 연주를 들으며 나도 모르게 눈물이 흘렀다. 내 우울이 씻겨 내리는 듯했다. 진흙 속에서 소리 없이 피는 연꽃의 향기가 어디선가 불어온다.

마지막 3악장은 춤곡이자 행진곡이다. 역동적인 리듬과 정열적인 어조로 마침내 광명이 승리를 쟁취해내듯이 피아노가 화려한 연주를 들려준 다음 제1 주제, 제2 주제를 연주한다. 동시에 긴박하면서도 희열에 찬 클라이맥스를 펼친 후 호쾌하고 장대하게 끝이 난다. 연주회를 마치고 밖으로 나오니 4월의 밝은 바람이 불고 있었다.

파란 하늘 사이로 불어오는 우면산의 정기가 내 마음에 스며든다. 연초록 잎사귀들도 나에게 손짓을 하며 반겨준다.

피아노 소리가, 나를 다시금 일어나게 했다.

"그래 너도 잘할 거야. 반드시 일어설 수 있을 거야" 종소리는 나의 마음을 흔연히 흔들어 놓고 일상의 삶을 향해 달려가게 만든다.

우리를 견디게 하는 것들

과천 뒷골에 위치한 'K&L 미술관'은 올 9월 문을 열었다. 현대적인 외관부터 눈에 띄지만, 안으로 들어가면 무지개 빛깔로 채워진 화사한 작품과 피아노가 우리를 맞는다.

개관전으로 준비한 작가는 오스트리아 출신의 전위예술가 헤르만 니치(1938-2022)다. 니치는 1960년대 빈의 행동주의를 이끈 작가로 과감한 행위예술과 액션페인팅으로 잘 알려져 있다. 그는 리하르트 바그너의 음악 세계와 총체예술론에 깊은 영감을 얻어 다양한 분야의 예술을 종합하여 자신의 세계를 그려낸 작가다. 바그너의 오페라 〈발퀴레〉에 접목한

대규모의 퍼포먼스를 회화로 탄생시켜 새로운 형태의 총체예술을 실현한다. '총체예술'이라는 단어는 처음 듣는 말이지만 바그너의 극에 대한 설명을 들으니 이해가 되었다. 이번에 전시된 작품들은 바이로이트 연작을 집중조명했다. '흩뿌리다'라는 의미를 가진 회화 쉬트빌트(schuttbild) 8점을 중심으로 드로잉 20점, 판화 20점 등이 1, 2층에 전시되어 있다.

학예사님의 설명을 듣고 영상으로 실험하는 작품들을 보면서 놀라움에 입을 다물지 못했다. 처음에는 동물의 피를 사람에게 뿌리고, 그 사체를 육체에 맞대는 등 기괴한 퍼포먼스를 실연하였다는데 섬뜩했다. 그는 오감을 자극하는 행위의 연쇄를 통해 감각들을 자유롭게 해방하고자 했다고 한다. 인간의 욕망과 수치심에 갇혔던 관객의 내면을 깨우고자 했다는데 나는 그렇게 느껴지지 않았다.

판화는 종교적 모티브를 차용해 〈최후의 만찬〉 등 죽음과 고난, 부활과 생명에 대한 성찰적 내용을 암시적으로 담고 있다. 붉은색과 검정을 수십 년 사용했던 니치는 1990년대부터는 색의 사용 범위를 보라 녹색 등으로 넓혀간다.

어린아이가 크레파스로 마구 생각 없이 색칠해 놓은 것 같은 조그만 작품 한 점이 몇백만 원이라는 이야기를 들으며 새삼 그의 유명세를 느낄 수 있었다.

조금의 빈틈도 없이 빽빽하게 채워진 그림은 답답함을 느낄 수 있다. 그러나 그의 액션페인팅은 무질서 속의 질서가 있었다. 그가 세상에 전하려는 의미는 무엇이었을까를 생각해 본다. 통념에 도전하고 새로운 예술개념을 구축했던 니치의 실험정신….

신성모독이라는 죄로 감옥까지 갔었다는데 예술을 위해 세상을 향해 외치는 그의 행위가 존경스럽다. 강렬한 빨강은 열정을 뜻하며 빛을 발하고 있었지만 나는 마지막 작품이 좋았다. 호불호는 선택의 문제지만 삶의 태도에 따라 달라진다. 마지막 작품은 천상의 빛으로 가는 형상을 그린 분홍과 보라색으로 가득한 작품으로 따뜻하고 편안해 보였다. 그 작품을 보니 니치도 마지막에는 안정과 휴식을 원한 것 같은 느낌이 들었다.

'내 작품 앞에서는 침묵을 지켜달라'고 했던 로스코의 말을 떠올리며 나는 입을 다물었다.

프리드리히 니체는 "견딜 수 없는 일이 일어나는 세상에서 그래도 우리를 견디게 하는 것은 예술뿐이다."라고 말했다. 예술은 위대하다. 나는 힘들 때 좋아하는 나만의 그림들을 본다.

시간의 잎으로 피어나다

이미경 작가는 구멍가게를 그리는 작가다. 작고 소소한 그
곳에 애정을 담고 소중한 가치를 불어넣는다. 그림을 보고
있으면 지나간 시간의 기억이 스쳐 지나간다. 동전 하나로
행복을 살 수 있었던 어린 날이 생각나고, 요즈음 편의점과
는 다른 이야기와 사연들이 신작로 가게마다 있을 것 같다.
나는 그녀의 그림 중에서 '신의상회'가 좋아 모사(模寫)를 시
작했다. 그림을 그리다가 문득 영희가 떠올랐다.

늘 아기를 업고 있던 11살의 영희, 중학교 입학시험에 시
달리던 나. 늘 살림하느라 바빠 친구가 없던 영희에게 나는

왠지 말을 걸었고, 친구가 되었다. 우리 반 아이들은 학교 가는 길에 있는 영희네 구멍가게를 기웃거리곤 했다. 무슨 맛있는 과자나 신기한 상품이 새로 들어온 것이 있나 궁금해서였다. 초록색 기와에 양철 차양이 달린 그곳에는 마법 상자처럼 진기한 물건들이 많았다. 동네에서 유일하게 빨간 공중전화가 있었고, 가게 앞에는 평상이 놓여 있어 아저씨들은 막걸리를 마셨다. 우리는 학교 수업이 끝나자마자 가방을 풀어놓고 술래잡기와 공기놀이, 고무줄놀이를 했다.

가게 옆에는 살림집이 붙어 있었다. 거기에서 영희가 살았다. 어머니가 장사를 하고, 아버지는 늘 술에 절어있었다. 형제가 5남매였는데 자고 나면 동생이 한 명씩 느는 것 같았다. 그래서 그 집 앞에는 항상 기저귀가 펄럭거렸다. 영희는 언제나 동생을 돌봐줘야 해서 등에 업고 학교에 오는 날도 잦았다. 맏딸이라 당연히 어머니를 도와야 했고, 동생들은 고스란히 영희 차지였다. 파란 대문이 달린 그 집은 언제나 문이 열려 있었다. 아이들은 쉴 새 없이 들락거렸다.

영희 어머니 합천댁은 고주망태인 남편을 온종일 욕했다. 나는 그 욕을 들을 때마다 아줌마는 어디서 그런 말을 생각해

내는지 궁금했다. 친구들과 놀고 있으면 우리를 향해 욕을 하기도 했다. "어서 집에 싸게 싸게 돌아가라고 ××"

11살 답지 않게 손끝이 야무졌던 영희는 그 조그만 손으로 밥을 해서 동생들을 먹였고 빨래를 했다. 그래도 우리가 놀고 있으면 틈틈이 공기놀이를 같이하고, 술래잡기도 하며 놀았다. 가게 평상 앞은 우리들의 놀이터였고 동네 사랑방이었다.

집 뒤에는 커다란 은행나무가 있어 초가을이면 집 뒤에 환한 불이 켜진 듯 눈부셨다. 노란 잎마다 전등불이 달린 듯 우리들의 마음까지 밝아졌다. 고약한 냄새가 났지만 우리는 은행을 매년 주웠고, 물에 담가 씻어서 구워 먹으면 맛이 있었다.

평상 옆에는 아저씨 자전거가 놓여 있었는데 배달용인 그것은 늘 휴점 상태였다. 나는 영희를 보면 속상했다. 공부도 못하고 늘 동생을 봐야 하는 모습이 딱해서 과자를 사서 먹을 때마다 나눠주곤 했다.

요즘 편의점에는 맥주와 담배를 사러 오는 젊은이들, 음료수와 커피를 사는 사람들로 붐빈다. 한 집 건너 편의점이 즐비한 동네에는 특히 경쟁이 심하다. 택배는 물론 은행 업무까지 할 수 있고, 도시락과 라면 등으로 요기를 할 수 있어 젊은이들은 자주 이용한다. 그들은 아지트처럼 모여서 담배를 피우기도 하고, 맥주를 한 캔씩 마시며 그들만의 문화를 만들어 간다. 몇십 년이 흐른 후 편의점도 구멍가게처럼 추억이 있는 장소가 될 수 있을까. 편의점에는 무표정한 알바생과 바쁜 사람들만이 왔다 갔다 하는데….

이미경 작가의 그림을 모사(模寫)하다가 11살의 나를 만났다. 중학교 입시를 위해 과외공부를 하고 돌아오는 길, 친구들은 다 집에 가고 합천댁 아줌마만 남아 가게를 지키고 있다. 나는 그곳을 지나며 영희를 잠시 생각한다. 만일 내가 영희같이 동생을 봐야 하고, 집안일을 해야 했다면 잘해 낼 수 있을까. 못할 것 같다. 자식 공부에 열심이신 내 어머니는 시험지 하나만 틀려도 야단을 치고 나무라셨고, 나는 그런 어머니가 싫어서 원망하곤 했다. 지나고 보니 그 시대의 어머니들은 각자의 생활 형편대로 치열하게 삶을 살아내신 것 같다.

나는 '신의상회' 기와 하나하나의 선을 그리고, 나뭇잎 하나를 노란색과 연둣빛으로 색칠했다. 시간이 기억 속에서 잎으로 피어난다. 내 안에서 과거의 일들이 고개를 들고 나의 손길로 피워내 주기를 기다리는 게 느껴진다.

미술 수업은 정물을 보고 그대로 그리거나, 기존작가의 작품을 모방하며 연습을 한다. 자꾸 따라 그리다 보면 각자 그만의 창작품이 실현된다고 한다. 지금은 보고 따라 그리고 있는 수준이지만, 나중에는 나만의 구멍가게 이야기를 글과 그림으로 피워내고 싶다.

고추장 단지를 보내니

밥 먹을 때마다 먹으면 좋을 게다

1776년 정월에 시작되어 이듬해 8월에 끝난 편지글로 지금으로부터 2백 년 전 글이다. 주로 개인적인 일상을 담고 있어 가식과 꾸밈이 없고 그의 인간적 체취를 접할 수 있다. 이 책은 『연암 선생 서간첩』을 번역한 것이다.

연암은 호방하고 활달한 사람으로 알려져 있는데 정사년(1797년 4월 18일)에 쓴 편지를 보면 대단히 사려가 깊고 꼼닥스러운 면이 있음을 알 수 있다. '자물쇠 잘 잠그고 문단속도 잘하는 게 어떻겠니?'라는 말에서 자상한 성품을 엿볼 수 있다.

자식 공부에 대한 걱정이 글 가득 담겨있는 〈아이들에게〉의 편지는 읽으면서 현세의 어머니들이 자식들에게 잔소리하는 것 같아 슬며시 웃음이 났다. 마지막에 손수 담근 고추장 단지를 보내며 '밥 먹을 때마다 먹으면 좋을 게다'라고 쓰인 문구는 가슴을 뭉클하게 한다. 연암은 51세 때 부인을 저세상으로 보내고 죽을 때까지 혼자 살았다. 이 때문에 자식들을 더욱 각별히 챙기게 된 건지도 모르겠다.

공무 틈틈이 글을 짓기도 하고 혹 법첩을 갖다 놓고 글씨 연습을 하기도 한다고 적으면서 "너희들은 해가 다 가도록 무슨 일을 하느냐"고 나무란다. 연로하여 책을 덮으면 잊어버리는지라 부득불 작은 초록(필요한 부분만을 가려 뽑아 적은 것)을 만들었다는 이야기도 한다. 현대에서도 문장 연습할 때 쓰는 방법이라 흥미로웠다.

친정아버지는 군인이었지만 잔정이 많으신 분이다. 자식을 사랑하면서도 표현하는 법을 배우지 못해 엄하게 우리를 다스렸지만, 그 당시의 다른 아버지와 다르셨다.

학년이 올라가면 형제들을 앞세워 백화점에 가서 새 옷을 사입히곤 자랑스러워했다. 그리고 맛있는 음식을 대접받고 오시면 다음에 온 식구들을 데리고 가서 먹였다.

봄이 되면 꽃모종을 사다 마당에 심었고, 여름이면 형제들을 데리고 해수욕장으로 휴가를 떠났다. 그때는 엄한 아버지가 싫어서 결혼을 빨리해 떠나고 싶었지만, 지금은 돌아가신 아버지를 생각하면 가슴이 먹먹해지고 아련해진다.

뭇 산이 멀리 아스라하여

"밤비가 마치 부견(符堅)이 강물을 채찍으로 내리치는 것처럼 후드득후드득 집을 흔들어 대는 바람에 밤새 잠을 이루지 못했사외다.""사방의 들판이 아득하고 뭇 산이 멀리 아스라하여 비록 서령(瑞寧)이 어느 쪽인지 모르겠지만 아무튼 반백 리 안에 있을 테니 저기 구름이 떠 있는 바닷가 물억새 근처에서 만나게 되겠지."

윗글은 현대의 문장처럼 아름답고 처연하다. 면면히 심정을 토로하는 문장들이 아름답고 섬세하다. 이 서간첩을 읽다 보면 처음 들어보는 단어들도 많다. "무람없다, 찐덥잖다" 등이다. '연암체'라는 문체가 느껴진다.

그리고 수필(手筆)을 구한다는 말이 나오는데 수필이란 편지든 서예 작품이든 원고든 간에 자필로 된 것을 이르는 말이다. 연암은 특히 산문을 잘 썼는데 그의 산문은 마치 잘 빚은 항아리처럼 완정미(完整美)를 보여준다고 한다. 그의 글은 세상을 바라보는 놀라운 반성력과 자기 응시가 자리하고 있다. 책을 읽으면서 해박한 그의 지식과 창조적인 형식과 자기성찰 그리고 만민에 대한 선비로서의 경세적 책임감을 느낄 수 있었다.

이 책은 그의 일상과 살림살이 가족애 등을 볼 수 있다. 200여 년 전의 조선 사대부의 사상과 학식과 그의 문장 등을 보면서 새삼 나의 공부의 부족함에 머리가 숙연해졌다.

무더위 속에서 책을 보고 있자니 잠시 대나무숲에서 산림욕을 하는 것처럼 상쾌하고, '쏴쏴' 하는 파도 소리가 들리는 듯하다.

우리가 알고 있는 연암의 『열하일기』는 중국을 여행한 기

행문이자 사회적 보고서다. 25권의 글 중에서 제3책 권3의,
〈일신수필(馹汛隋筆)〉에 주목하여 그 글이 시작된 7월 15일
을 '수필의 날'로 정했다는 말을 들었다. 기록을 읽어보면 중
국의 무엇을 볼 것인가? 라는 명제를 던지고 청나라의 발전
된 문명의 좋은 점을 보아 그것을 배워야 하고 힘을 길러야
한다는 의지가 담겨있다. 교과서에서 배운 연암과는 다른 그
의 인간적인 면모를 볼 수 있어 편지글이 더 좋았다.

곱다랗게 기다리다

요즘은 시집을 많이 읽는다. 부족한 어휘 공부를 위하여, 사람들은 각자 언어 보따리가 있어 그곳에서 단어들을 주워 글을 쓴다고 한다. 나이가 드니 자꾸 알고 있었던 단어들도 생각이 나지 않는다. 책을 읽거나 시를 읽어야 감성이 죽지 않는다고 한다.

라이너 쿤체의 『나와 마주하는 시간』을 보며 〈은엉겅퀴〉 같은 시를 쓰는 시인이라는 말에 귀를 쫑긋한다. 은엉겅퀴는 키가 작고 메마른 땅에 자라며, 딱 한 송이 은색 꽃을 피우는 귀한 보호종 식물이다. 쿤체는 세상의 모든 생명에게 귀 기울이고 인간의 불의와 폭력에 저항하는 올곧은 시인이다. 짧은 그의 시에서 나는 생명의 소중함과 자아 성찰을 한다.

오은의 『없음의 대명사』라는 시집은 무수한 그곳, 그것들, 그것, 그들, 그, 우리, 너, 나로 시들이 쓰여 있다. 시인은 '그것'이라는 텅 빈 대명사 하나를 던져놓고 많은 의미를 찾게 한다. 누구보다도 언어의 물성 및 자기 지시성에 관심을 가지고 자신만의 고유한 시작법을 만들고 있다. 그에게서 많은 어휘를 줍는다. '모닥모닥, 올레줄레, 이냥저냥' 등등.

황인숙의 『슬픔이 나를 깨운다』. 그녀는 80년대의 대표적인 시인 중의 하나다.

황막하고 메마른 세계를 윤택하고 탄력 있는 세계로 전도시키는 일종의 긍정적 방법에 따라 그녀의 시적 독자성을 확보하고 있다. 그녀의 자유분방한 상상력을 배우고 싶다. 언덕을 오르내리며 삶에 대해 생각했다는 시인은 해방촌 출신이다. 슬픔이 나를 깨우고 소리 없이 지켜주고 흔들고 있지만, 방안 가득히 웅크리고 곱다랗게 기다리고 있음을 아는 시인이다.

복효근의 『허수아비는 허수아비다』. 사소한 일상에서 시를 발견하고 사진에 담아 디카 시집을 만들었다. 발견과 깨달음의 작은 기쁨이 함께 있다는 시집 곳곳에는 서정시인답게 짧은 시속에 깊은 의미를 담고 있다

〈꽃 아닌 것 없다〉에서는 가만히 들여다보면 슬픔 아닌 꽃이 없다고 하면서 눈을 닦고 보라고 한다.

김사인 시인은 시를 제대로 보려면 겸허하고 공경스럽게 보라고 말하지만, 매직아이를 볼 때처럼 언어를 2차원의 평면에서 일으켜 세워 볼 때 시의 아름다운 세계를 발견할 수 있다고 한다. 시를 일으켜 세운다는 말을 한참 생각했다.

여름, 숲으로 가면 나무들의 아우성을 들을 수 있고 바다로 가면 파도들의 함성을 들을 수 있다. 시집들 속에서 어휘들을 낚고 있는 나는 이 무더위가 덥지 않다. 가끔 눈물도 찔끔거리고 슬며시 웃기도 하면서 행복하다. 오늘도 책상 위의 곱다랗게 기다리는 책들 속에서 어휘를 주워 보따리에 담는다.

거울에게 묻다

처음 접하는 경험은 참 이상한 느낌을 준다. 평범한 생활과 일상적인 것에 젖어있는 나에게 이런 일은 생동감을 준다.

익숙함에 젖어있는 우리는 새로운 것에 대한 두려움과 생경함이 있다. 일상이란 늘 우리를 지루하고 따분하게 한다. 고정되고 규격화된 관념 속에서 안일한 생각밖에 못 하던 어느 날 갑자기 "생애-첫 체험" 같은 일을 만나게 되면 인생이 풍요로워진다. 평탄하고 안온한 생활은 겉으로 보면 괜찮아 보이지만 고인 물같이 우리를 퇴보시키는 것 같다.

김신애와 윤보연의 듀오 콘서트에 갔다. 둘은 서울예고 동창으로 유학하고 돌아와 자리를 잡은 40대 초반의 음악가들이다.

1부는 헨델, 바흐, 멘델스존, 베토벤 등 대가들의 작품을 들었고 2부는 영화음악의 대가 엔니오 모리꼬네, 이탈리아 작곡가 오토리노 레스피기, 브람스, 탱고작곡가 피아졸라 등을 편곡하여 들려주었다

연주자들은 그동안 공부하고 연구한 결과를 명쾌하게 해설해주어, 나를 편안하게 음악으로 인도해주었다. 음악과 어울리는 명화들을 영상으로 보여주어 눈과 귀가 즐거운 콘서트였다.

그중에 인상적으로 들은 곡은 작곡가 레스피기의 녹턴(nottumo)이다. 듣는 순간 색다른 해석과 연주에 가슴이 뛰었다. 쇼팽의 녹턴에 귀가 익숙한 나에게 그 곡은 낯설었지만 새로운 울림을 주었다. 쇼팽은 녹턴을 '피아노로 부르는 노래'라고 했다. 감미롭고 서정적인 멜로디는 사람의 마음을 움직인다. 21개의 곡 중 Op 9번 No2는 내림마장조로 가장 알려졌다. 많은 음악가가 편곡하여 들려주었지만, 이번 연주

는 특별나다 가슴을 파고드는 묵직한 첼로 소리와 88개의 건반을 자유자재로 움직여 아름다운 소리로 청중을 매료시킨 연주자들은 단연 최고였다.

내가 녹턴을 처음 접한 것은 중학교 입학한 해였다. 1964년 그때는 라디오로 겨우 음악을 듣던 때라 클래식을 접하기는 어려웠지만, 다행히 훌륭한 음악 선생님 덕분에 '야상곡'을 들을 수 있었고 그 후 쇼팽의 피아노 연주를 즐겨 들었다.

감흥을 안고 집에 와서 레스피기 음악에 대해 찾아보았다. 레스피기(1879-1936)는 이탈리아의 작곡가이자 바이올리니스트로 당대 관현악법의 대가다. 교향시, 로마 3부작이 유명하다.

〈로마의 분수〉〈로마의 소나무〉〈로마의 축제〉 등을 듣고 있으니 로마에서 즐거웠던 날들이 주마등처럼 지나간다.

초등학교 때 친구 집에 가서 피아노를 처음 봤을 때 너무 신기하고 놀라워서 집에 돌아왔는데도 눈앞에서 아른거렸다. 어머니한테 피아노가 배우고 싶다고 이야기를 했다가 공부하는데, 방해만 된다며 야단을 맞았다. 나중에 그 친구는 피아노를 전공했다. 우연히 이야기하다가 하루에 8시간씩 연습한다는 이야기를 듣고 그 후부터 나는 악기를 다루는 음악가들을 존경하게 되었다. 피아노도 공부만큼 어려운 것을 알았다. 그리고 내가 못 배운 피아노를 나중에 딸을 낳으면 꼭 배우게 하리라 생각했다.

예술은 우리가 왜 사는지에 대한 깊은 질문을 던진다. 그래서 과학자인 알베르트 아인슈타인도 "예술은 우리가 무엇을 생각하고 어떻게 느끼는지를 나타내는 거울이다"라고 말했다. 나는 백설 공주는 아니지만, 가끔 거울을 보고 물어본다.

"잘살고 있니?"

레스피기의 녹턴은 그날 화두처럼 온종일 나를 따라다니며 묻고 있었다. 나날이 지루할 때 나는 전시회나 음악회에 간다. 2시간여 거닐면서 다시 하루를 버틸 수 있는 힘을 얻는다.

크레이지 하우스

베트남 달랏에 있는 그 집은 곡선을 이용해 기괴한 모습으로 보기만 해도 신기하다. 스페인의 가우디의 작품을 연상시키지만 테마파크에서 미로찾기를 하던 놀이공원처럼 즐겁다.

거대한 나무둥치의 외관에 구불구불한 터널식 계단으로 되어있다. 공중다리를 건너다보면 어릴 적 나무집에서 놀던 생각이 난다.

원래는 호텔로 지어졌다. 방마다 호랑이, 캥거루, 거미 등의 테마로 꾸민 10개의 객실로 되어있다. 그러나 손님이 없을 때는 공개되어 구경할 수 있게 되었다.

이 집은 2대 대통령의 딸 '당 비엣냐'의 작품으로 세계에서 가장 창의적인 건물 10곳 중 하나다. 우리는 올라가다 길이 끊겨서 다시 내려와야 했고 전망대에서 내려다보는 풍경은 가히 환상적이었다.

어릴 적 나는 집에 대한 로망이 있었다. 우리 집은 집장사가 지은 신흥 주택가에 있는 ㄱ형의 양옥이었다.

40평 남짓한 그 집은 방이 4개에 부엌은 재래식으로 밑으로 내려갔고 화장실은 복도 끝에 있는 푸세식이었다. 바닥이 나무로 되어있어 동생들이 오줌을 자꾸 옆에 싸다 보니 썩어서 헐렁해져서 삐걱거렸다. 나는 화장실에 갈 때마다 무서워서 얼른 볼일을 보고 나오곤 했다. 나중에 집을 수리해 욕조와 화장실을 새로 만들었는데도 가끔 화장실에 빠지는 꿈을 꾸곤 했다.

바로 앞집은 번듯한 이층집 양옥으로 부러움의 대상이었다. 그 집에 누가 살았는지 기억이 나지 않지만, 나는 그 집을 동경했다. 20년을 살다 서교동 이층집으로 이사를 하였지만, 나는 늘 꿈에서 옛날 집 골목들을 헤매다 깨곤 했다.

"미쳤다 미쳤어." 우리는 너무 놀랍거나 상상 밖의 풍경을 보았을 때 이런 소리를 한다. 내가 여행을 하다 본 건축물 중에 놀라서 소리를 지른 곳은 스페인의 알람브라 궁전과 가우디 성당, 파리의 샤르트르대성당, 독일의 쾰른 대성당, 바티칸의 베드로 성당, 중국의 자금성, 일본의 금각사 그리고 인도의 타지마할, 앙베르 성 등이다.

건축물 중 집을 보다 보면 '이 집에는 누가 살까' 하는 생각을 많이 하게 된다. 예술가들이 살았던 집은 더욱 면밀히 보면서 살핀다. 독일의 괴테하우스의 집에서 예술작품과 가구들이 놀라웠고, 남프랑스의 세잔느, 고흐, 샤갈, 마티스가 살았던 작업실과 미술관 등을 보면서 감동했었다.

30대 초반 겁도 없이 집을 지었던 적이 있다. 그린벨트에서 집을 짓는 것이 얼마나 어려운 줄도 모르고 덤벼들었다가 코가 깨지고 말았다. 설계대로 완성하지도 못하고 고생만 했다. 그 후 아파트에서만 생활했지만 늘 집에 대한 동경이 나에게는 있다.

다음 생에는 건축을 전공해서 크레이지 하우스 같은 멋진 집을 지어보고 싶다.

습지와 늪지 사이에서

    불행의 늪에 빠져 허우적거린 기억이 누구에게나 있을 것
이다. 움직일수록 더 빠져들게 되는 늪, 그 속에는 잊으려고
애를 써봐도 잊을 수 없는 고통에 대한 선명한 기억이 나에게
도 있다.

    21살 그때 나는 늪에 빠진 것같이 허우적거렸다. 첫사랑에
실패하고 공모전에 작품을 내는 것마다 떨어지고 아무리 살
펴보아도 답이 보이질 않았다. 매일 아침 눈을 뜨면 안개 속
을 걷고 있는 듯 답답했고 몸은 천근만근 무거웠다. 불행하
다는 부정적인 생각들은 나를 갉아먹고 있었다.

『가재가 노래하는 곳』이라는 책은 '습지는 늪이 아니다. 습지는 빛의 공간이다.'라고 첫 문장을 시작한다. 습지에는 풀이 자라고 흰기러기가 울고 삶의 씨앗이 싹튼다고 말한다. 살인사건을 파헤치는 형식으로 전개되지만, 인간의 근원적인 외로움을 다루고 있는 이 소설은 고독이 인간을 어떻게 변화시키는지 보여준다. 나는 주인공 카야를 보며 길잃은 아이처럼 막막하고 아득하고 저 멀리 혼자 있다는 느낌을 받았다.

이 소설이 흥미로운 것은 러브스토리이면서 미스터리 드라마라는 점이다. 주인공 카야는 착한 테이트를 사랑하면서도, 본능적인 체이스를 만난다. 현실에는 수많은 동물의 본성을 가진 체이스들이 있다. 테이트가 더 인간적이고 진화되고 예민한 사람이지만 우리는 살면서 체이스 같은 사람을 더 많이 만나게 된다. 나 역시 첫사랑을 체이스 같은 사람에게 이끌려 실패했지만, 테이트 같은 남편을 만나 늪에서 습지로 나올 수 있었다.

인간은 서로 모여 유대감으로 엮인 집단이다. 그 속에 속하고자 하는 강한 유전적인 성향이 있다. 집단을 찾아 소속

되어 아울러야 안정감을 찾고 살아갈 수 있다.

하여 인간은 무조건 생존본능에 의존한다. 생존본능은 빠르고 냉정하다. 카야가 살기 위해 체이스를 제거하고 고립된 환경 속에서 살아남아 생물학자가 되었듯이, 나도 최대목표를 현모양처로 삼고 20년을 아이들과 남편을 위해 살았다. 하지만 가슴 한구석 허전함을 메울 수는 없었다.

카야가 시를 써서 세상에 소속됨을 느꼈듯이 나도 글쓰기를 통해 세상을 향해 손을 뻗었다. 쉰 살에 등단하고 내 책상을 마련하고 단어 한마디에 의미를 부여하고 매달렸다. 생명이 존재하는 곳, 빛이 있는 곳, 그곳을 향해.

연꽃 터지는 소리

바하이 사원

인도로 떠나는 날은 영하 11도의 매서운 날씨였다. 8시간을 날아가니 그곳은 영상 14도의 가을 날씨다

뉴델리에 있는 바하이 사원은 27개의 연꽃잎으로 이루어진 9면체 건물이다. 연못 위에 떠 있는 것 같은 외관이 호주의 오페라하우스를 연상시킨다.

바하이들은 유일신인 하느님, 즉 신은 한 분이라는 믿음의 기초 위에 3개의 핵심 원리 인류도 하나 세계도 하나, 종교도 하나라고 가르친다. 바하이 운동은 예수 그리스도 이후 세상

에 출현한 위대한 빛으로 모든 종교의 화합과 세계평화 인류의 전진을 가르치는 통합적인 종교다. 바하이 공동체는 세계적으로 퍼져있고 한국 이태원에도 본부가 있다.

우리는 사원 500m 앞에서 신발을 벗고 맨발로 계단을 올라가 사원으로 들어갔다. 철저히 통제하며 인원 제한을 두고 입장시켰다. 사원 안은 9면체로 이루어진 둥근 공간이고, 석상이나 기물이 없고 조용히 앉아서 기도와 명상을 할 수 있게 의자들만 놓여 있다.

나는 기도를 했다. 세계평화와 우크라이나전쟁의 종식과 기아와 빈곤에 시달리는 인류를 위해 그리고 우리의 죄성(罪性)을 회개한다고 신께 고했다.

나는 무엇을 보러 한 해의 막바지에 인도에 왔을까.

연꽃은 한여름 무더위 속에서 향기로 피어난다. 더러운 진흙탕에서 몸을 묻고 꽃을 피우고, 진한 향기를 연못 가득 채우는 마술을 부리는 꽃이다. 20년 동안이나 그리워하던 인도에 왔건만 먼지와 경적 소리와 무질서와 쓰레기만 보였다. 하지만 연꽃 사원에서 나는 향기를 맡았다. 세상 밖의 어지러운 근심 걱정 시기 질투를 한순간에 잊게 하는 꽃 중의

꽃 연꽃을 보았다.

바람의 궁전

뉴델리와 아그라 자이푸르 3개의 도시를 매일 5시간씩 버스로 달렸다.

타지마할, 아그라 성, 암베르 성, 나하르가르 성, 하와마할, 바하이, 시크교, 이슬람교 사원 등을 보며 수박 겉핧기식 구경을 했다. 건축물들의 양식과 조각상 그리고 시대적 배경에 따른 변화들이 이채로웠다.

그 중 인상적인 곳은 자이푸르 시내의 하와마 할(바람의 궁전)이다. 이 성은 세상 밖으로 출입이 제한되었던 왕궁 여인들이 도시의 생활을 엿볼 수 있도록 설계되었다.

격자형 창문이 벌집처럼 많아 바람이 잘 통하게 되어있고, 분홍빛과 붉은 사암으로 지어졌다. 약 950개의 작고 둥근 포대와 같은 공간이 층을 이루고 아치형 지붕과 창문이 있다. 이곳저곳 구경을 하니 여인들의 한숨 소리와 웃음소리가 들리는 듯했다.

또 놀라웠던 곳은 잔타르 만타르(18세기 석조 천문대)다.

워낙 수학과 건축학, 천문학이 발달한 나라인 것은 알고 있었지만 실제로 보니 대단하다. 자이싱 2세가 건설한 천문대는 가장 규모가 크고 20개의 관측기구가 땅에 고정되어 있다. 우리나라 세종대왕이 생각났다. 거대한 해시계와 관측기구들이 있고 20세기 초까지 실제 관측했다는 이야기를 듣고 보니 놀라웠다. 그들의 다양한 과학기술과 우주, 철학, 천문학을 바탕한 학문 세계의 깊이와 합리적인 예측 능력이 문명의 발상지답게 다채로웠다.

인도는 사람만큼 신도 많고 문화도 다양해서 공용어만 18개, 신들의 숫자는 4억을 넘는다고 하지만 '남이 무엇을 믿든 우리는 인정합니다'라는 비범한 마인드가 있다. 심지어 "내가 당신에게 선업을 쌓을 기회를 주었으니 당신이 내게 도움을 주는 것은, 기회를 주는 것으로 나에게 오히려 감사해야 한다."라고 당당하게 주장하는 걸인이 공존하는 나라다.

종교가 생활에 밀착되어 생활양식이라고 할 수 있고 카스트제도가 금지되어 있으나 아직도 큰 영향을 미치는 나라다.

인도 사상에 많은 영향을 받은 희랍 철학자 에픽테토스는 말했다.

'삶에서 잃을 것은 아무것도 없다. 어떤 경우라도 나는 이러이러한 것을 잃었다고 말할 것이 아니라 그것이 제자리로 돌아갔다고 말하라. 그것들은 본래의 위치로 돌아간 것이다.'

"No Problem" 언제 어디서나 문제가 닥쳐도 그들은 노 프라블럼이라고 말한다.

거리거리에 젊은이들이 많고 활기가 보여서 곧 세계의 주연으로 우뚝 설 수 있을 것 같은 예감이 들었고 함성이 들렸다.

인어공주

디즈니 실사 영화 〈인어공주〉를 보았다. 논란과 우려가 컸던 영화는 주인공 흑인 배우 할리 베일리의 노래와 연기로 특별한 새로움은 없지만, 출연진의 연기와 존재감으로 볼 만은 했다. 그러나 환상적이지는 않았다.

슬라브 신화에 내려오는 인어 루살카 전설과 푸케의 운디네에서 모티브를 얻었다는 인어는 스코폴리아 섬에서 아름다운 노랫소리로 뱃사람을 홀리던 세이렌들이다. '호메로스'의 오디세이아에 나오는 세이렌들은 몸과 얼굴은 여인이지만 새의 다리와 날카로운 발톱을 가졌다고 묘사된다. 유럽에서는 인어를 자연의 일부로, 영혼이 없는 생물체로 보았다고 한다. 그 후 그들이 모티브가 되어 인어공주가 탄생되었다.

안데르센은 오랫동안 짝사랑해왔던 에드워드 콜린이 결혼한다는 소식을 듣고 이 작품을 썼다고 한다.

주제넘은 사랑을 좇다가 물거품이 되어버린 인어 '에리얼', 사랑을 위해 자신의 목소리를 바치고 두 다리를 얻지만, 왕자는 이웃 나라 공주와 결혼한다.

결혼식 전날 밤 언니들이 마녀에게 머리채를 바치고 얻어온 단검을 받아들고 왕자를 죽이러 들어가지만, 그녀는 죽이지 못하고 바다로 뛰어들어 물거품이 되고 만다. 어릴 적 이 동화를 읽었을 때, 막연히 사랑은 슬픈 것 같고, 목숨까지 바쳐야 하는 걸까 하는 생각을 했다.

어른이 된 후 안데르센의 동화가 그의 외모에 대한 열등감과 양성애에서 비롯한 작품의 소산이라는 이야기를 듣고 실망을 했다.

나라면 왕자를 죽이고 다시 인어공주로 되돌아갔을 것 같다. 왕자의 사랑에 내 일생을 맡기기에는, 남자에게 기대어 온몸을 바치기에는 세태가 변했다.

인어공주는 원작에는 비록 왕자의 사랑을 얻지 못하지만, 정령이 되어 인어로서 불멸의 존재로 화할 수 있어 해피앤딩으로 본다. 그래서 불멸의 영혼을 얻어 사랑을 얻은 '에리얼'은 스스로 바다에 몸을 던지지만, 정령으로 승천한다. 신의 배려로 천사가 되어 천국으로 올라가는 것으로 끝난다. 안데르센은 이 작품의 가제로 '공기의 딸들'이라고 했을 정도로 결말을 중요시했다고 한다.

오늘 본 영화도 왕자와 결혼하는 것으로 재구성되었다. 인어는 바다 왕국의 환상 속에서 살다가 상상만 하던 현실의 일상 사람들의 사랑이 궁금했을 것이다. 그러나 과연 행복하기만 했을까. 데이트 폭력과 스토커들의 이상 행동적인 사랑이 난무해 뉴스를 장식하는 요즈음, 안데르센의 짝사랑은 불멸의 사랑이었음이 느껴진다.

짝사랑으로 상대에게 거절을 당했던 그가 인어공주라는 동화에 자신을 투영하여 작품을 만들어낸 것을 보면 진정 그는 예술가임에 틀림이 없다. 그래도 언제나 사랑이야기는 가슴을 따뜻하게 한다. 영화 보는 내내 눈이 즐거웠고 생각은 상상 속에서 저 먼 곳을 향해 피어올랐다.

기억의 바다에서 건져 올린

문지혁의 『중급 한국어』, 제목부터 특이하다. 이 책은 작가 자신이 실제로 창작 수업에서 제공한 강의 노트를 소설 형식으로 보여준다.

자서전으로 시작하는 수업은 합평으로 끝나고 작품집까지 만든다. 하지만 주인공은 이번 학기로 수업 종료를 권고받는다.

"여러분의 점은 어디에서 시작되었나요?" 제임스 조이스의 〈애러비〉라는 단편을 과제로 쓰면서 유년 시절의 기억을 어떻게 바라보는가 하는 문제를 던져준다. 인생이란 '점을 선으로 잇는 과정'이라고 말하며 과거를 돌아본다는 것은 점과 점을 잇는 것, 선을 그리는 것, 그 선이 어디서 와서 어디로 향하는지 알아내는 것이라고 말한다.

나의 가장 오래된 기억은 어디로 향하고 있을까.

다섯 살인지 여섯 살이었는지 분명하지 않지만 나는 외삼촌과 기차를 타고 부산 외갓집에 가고 있었다. 삼촌은 나를 부추기며 노래를 시켰다. 어른들에게 둘러싸여 노래를 부르고 사탕이며 과자를 얻어먹던 기억이 있다. 또 한 편의 기억은 초등학교 2학년쯤 기억으로 외삼촌이 국수를 사 먹고 오겠다며 내렸는데 기차는 떠나고 외삼촌이 오지 않아 나는 불안하여 삼촌을 찾아 내렸다는 사실이다. 다행히 삼촌을 만나 다시 기차를 탔기에 망정이지 고아가 될 뻔했다. 그래도 그런 기억들이 아프게 기억되지 않는다는 점이다.

인간의 기억은 결코 영화나 드라마처럼 깔끔하게 편집되어 있지 않다. 기억은 오솔길이며 인적없는 도로고 어둠 속 미로라고 작가는 말한다.

기억의 바다에서 건져 올린 추억들은 그 자체로 흥미롭고 우리에게 가르쳐주는 바가 크다. 그의 소설을 읽는 동안 새로 국어를 공부하는 사람처럼, 막 말을 배우는 주인공의 어린 딸 '은채'처럼 제대로 말하려고 애썼다.

좋은 글이란 무엇일까. 좋은 삶을 향해 나아가는 길, 옳고 바르고 정의로운 인간이 아니라 실패하고 어긋나고 부서진 인간으로서, 입이 아니라 몸으로 말하는 삶. 진실을 위해 오늘도 다만 쓰고 읽고 고칠 뿐이라고 말하는 작가의 메시지는 많은 것을 생각하게 한다.

누가 시킨 것도 아니고 돈을 버는 것도 아니고 꼭 책을 발표해서 유명세를 얻는 것도 아니면서 나는 오늘도 글을 쓴다. 읽고 쓰고 퇴고하고 고치고 또 고치면서 되풀이되는 일상처럼 받아들인다.

이 책을 읽으며 다시 한번 "왜 나는 글쓰기를 버리지 못할까"를 많이 생각했다. 그리고 아직도 작가라고 말하지 못하고 영원히 '책만 낸 사람'으로 서성거리는 내가 서 있다. 곁에 가서 손을 잡는다.

소박한 밥상을 책상으로 삼아 평생에 기억될 수 있는 글을 쓰기 위해 오늘도 깨달음이 아니라 배반하고 변신하고 유혹하는 과정을 되풀이한다.

2

*

손끝에서 가장 먼 곳까지

주문진 앞바다.

철썩거리는 파도가 바위에 힘차게 부딪힌다.

낮게 비상하며 하늘을 가로지르는 갈매기 떼들.

수많은 소리가 나에게 소리친다.

새해라는 말에는 환기력이 있다.

세상의 첫 아침.

삶을 회복시키는 무한한 긍정의 힘.

설사 그것이 일시적 착각일지라도 신속히 회복시키는

긍정의 에너지가 생긴다.

–본문 중에서

바람 소리가 들려주는 이야기

　양재천을 따라 걷다 보면 보기보다 길게 이어져 있다. 어
젯밤 비가 온 탓에 제법 물줄기가 실하다. 자전거를 타는 사
람들이 쌩쌩 바람을 가르며 달려가고 천변에 앉아 하염없이
물줄기를 바라보는 사람들은 윤슬을 보며 물멍을 하고 있는
지 움직이지 않는다.

　무작정 걸음을 옮기는 사람들처럼 보여도 건강을 생각해
서 열심히 목표를 갖고 달리는 사람도 있고 나처럼 아무 생각
없이 그냥 발길 따라 걷고 있기도 하다. 이곳을 걷다 보면
천변의 풀들도 꽃들과 나무들은 바람 소리에 따라 각기 다른

이야기를 들려준다.

붉은 양귀비꽃은 화려한 색깔을 뽐내며 '나보다 더 예쁜이는 못 봤지?' 하며 하늘거리고 황색 나리꽃은 화사한 웃음을 머금고 자태를 뽐낸다. 풀숲에 숨어있는 개망초 꽃 무리도 '나도 여기 있어요.' 하고 "아앙" 하며 소리를 지른다.

관절염이 도져서 한 달이 넘었는데도 염증이 가라앉질 않는다. 이런 일은 처음 있는 일이라 당황스러웠다. 다리가 아프니 꼼짝할 수가 없다. 무릎에 물이 차서 아픈 것이라며 주사기로 물을 빼고 주사를 맞았다. 염증이 심하다고 한다.

책상에 앉아 글 쓰는 일은 할 줄 알았는데 다리를 내려놓으니 피가 쏠려 그런지 더 아프다. 침대에 누워 가만히 있으면 좀 괜찮다. 누워있자니 중환자가 된 것 같고 이대로 계속 누워지내면 어쩌나 하는 걱정에 벌떡 일어난다. 운동을 해줘야 좋은지 아니면 가만히 있어야 좋은지 판단이 서질 않는다. 의사 선생님은 수술적 치료밖에 없다고 하는데 정말 수술은 안 하고 싶다.

날개 한쪽이 부러져 날지 못하는 새처럼 나 자신이 불쌍하다. 인생에서 못 걷고 못 먹으면 끝이라고 하던데 아무래도 내 삶의 방식을 바꿔야 할 것 같다. 조급한 성정 탓에 뛰어다니는 것도 하지 말자, 좀 여유를 갖고 무리하지 않게 몸을 아끼자.

양재천변의 울타리처럼 늘어선 메타세쿼이아 나무들이 싱그럽다. 울타리란 말만 들어도 든든한데 내 삶에도 보이지 않게 울타리가 되어 준 사람들이 있다.

나에게는 친정어머니가 울타리 역할을 해주셨다. 부족한 나를 위해 기도해주시고 늘 지원을 아끼지 않으셨다. 94세인 세수를 생각하면 얼마나 더 나를 보살펴주실지 의문이지만 급하면 아직도 어머니부터 찾는다.

또 한 사람은 미국 사는 친구다. 나를 하나님한테 인도해준 친구다. 아프다고 하면 기도해주고 나의 속사정을 알고 아낌없는 사랑을 주는 친구다. 눈 수술을 하고 누워있을 때, 코로나 걸려 격리되어 있을 때, 반찬을 사다 문 앞에 놓고 꽃을 보내주기도 했다. 그녀를 생각하면 친구라기보다 내 정신적인 어머니 같은 존재로 느껴진다.

한 인간과 인간의 어울림, 맞춤옷처럼 잘 어울리는 관계는 여타 조건에 상관없이 상대에게 끌리고 공감하고 호흡할 수 있는 영혼의 동반자다. 우리는 그를 '소울메이트'라고 부른다.

물에 떠 있는 오리 한 쌍과 새끼 오리들이 자맥질하고 있다. 자유롭게 놀고 있는 모습을 보니 부럽다. 오리는 머리가 상당히 좋고 주인을 잘 따른다고 한다. 몸집이 작고 아담하고 뒤뚱거리는 모습이 귀여운데 '꽉꽉' 소리가 요란하다. 모든 생물이 제자리에서 각자의 구실을 하며 생존하고 있는 모습에 새삼 힘을 얻는다.

큰 나무들의 굳건한 모습도 힘이 된다. 나무는 앉은 자리에서 스스로 움직일 수 없다. 그래도 사랑을 하고 종족을 번식시키고 보이지 않는 영역 다툼도 한다. 그들만의 시간 속에서 천천히 도를 닦듯 몇백 년을 견딘다. 나도 울타리가 되어 주는 모든 이들에게 감사기도를 드리며 견뎌야겠다.

그리운 사람이 보고플 때는 바람 소리를 들으러 양재천변에 나온다.

골목을 걷는 시간

"딸랑딸랑."

아침 11시다. 두부 장수 방울 소리가 들린다. 매일 어김없이 두부를 만들어 팔러오는 아저씨는 도토리묵, 콩나물, 청국장 등을 파는 잡화상이다. 이 골목에는 어울리지 않는 트럭이지만 하루도 빠짐없이 온다. 뜨끈한 두부는 아저씨 마음처럼 푸근하다. 나가봐야 할 것 같다.

매봉역 뒤쪽 양재천 주변에는 한 집 건너 카페와 레스토랑이 있다. 양재천을 바라보며 메타세콰이어길을 따라 죽 이어져 있는데 상호가 각인각색인 것처럼 음식 종류도 다양하다.

한 블록 뒤쪽에는 작은 빌라와 단독주택 그리고 5층 정도 되는 빌딩이 혼잡해 있다. 우리 집은 두 블록 뒤쪽에 있다. 카페와 레스토랑은 이곳까지 들어와 주택의 담을 헐고 샐러드바를 열기도 하고 간혹 주택 전체를 개조해서 베이커리와 차를 팔기도 한다. 사람 왕래가 잦다 보니 월세가 높은데도 조그만 틈새 자리에도 가게들이 있다. 읽을 수도 없는 영어 이름으로 커튼을 쳐놓고, 저녁에만 장사하는 곳도 있다.

양재천 산책을 마치고 특별히 목적지가 없이 골목 골목을 거닐다가 인테리어가 눈에 뜨이거나, 가게 이름이 재미나면 들어가 차 한잔을 마신다. 골목마다 건물들을 구경하는 재미도 쏠쏠하다. 건물 이름도 덕연, 동광, 보석, 성우 등 생김새만큼이나 다양하다. 클림프, 2448 아트스페이스 같은 갤러리가 두 곳이나 있어서 가끔은 눈 호강을 한다. 유명 셰프가 한다는 레스토랑은 줄을 서야 하고, 수제 햄버거집은 점심때면 기다리는 사람들로 장사진을 이룬다.

그 골목 가운데 바버샵(barbershop)이 있다. 요란한 장식으로 꾸며진 그곳에는 털보 이발사가 있는데 가끔 담배를 피우기 위해 문 앞 의자에 앉아 연기를 날린다. 그 남자는 특이하게도 얼굴까지 문신하여 눈길을 끄는데, 자주 보니 눈매가 선해 보여 애잔한 마음이 든다. 나는 눈치채지 못하게 그를 훔쳐보는데 사연을 상상하는 것도 재미있다. 그곳을 찾는 사람 중에는 힙한 차림의 젊은이들도 있고, 가끔은 중년 아저씨들도 보인다. 특이한 모습으로 말끔하게 이발하고 나오는 사람들을 보는 것도 흥미롭다.

평범하고 익숙한 동네의 모습 속에서 가끔은 이름으로만 듣던 몇억짜리 외제 차를 보게 되고, 멋진 차림새의 데이트 족을 만나는 것도 구경거리다.

이렇듯 골목 골목에는 재미나는 이야기들로 가득하다.

어릴 때부터 나는 골목길을 좋아했다. 내가 살던 집은 신흥 주택가로 고만고만한 양옥집들이 이어져 있었다. 뒷골목 끝 집에는 친구 영희가 살았고 그 옆에는 영란네가 살았다. 영란 엄마는 동네에서 가장 멋쟁이였다. 화려한 원피스에 꽃무늬 양산을 들고 살랑살랑 걸어가는 아줌마를 구경하는 것도 일거리였다. 나는 일부러 뒷길로 나가 학교에 가다가 길 중간에서 한옥을 구경하기도 하고 다른 집들을 보며 이 집에는 누가 살까 상상하면서 학교에 다녔다. 그리고 보니 나는 건물들에 관심이 많았던 것 같다. 건물은 사람이 살거나 물건을 넣어두기 위해 지은 집을 통틀어 말하는데 이용하는 사람들에게 영향을 준다고 믿어 좋은 이름을 지으려고 전문가를 찾기도 한다.

다양한 건물들을 보면 물리적 구조물이 아닌 개개인의 삶을 영위하는 사람들의 공간으로 생각된다. 각각의 건물들의 모습이 새롭게 다가온다.

찬바람이 살짝 스치는 요즈음, 옷깃을 여미며 사람들이 종종거리며 지나간다. 하지만 나는 여유를 부리며 골목길을 헤매며 건물들을 기웃거린다.

강남 한복판, 이곳에는 슬픔, 기쁨 그리고 즐거움이 있는 따뜻한 골목이다. 이사 떡을 돌리는 인정과 두부 장수가 있다.

펴져라 주름살

비가 오는 날이면 다리가 더 아프다. 오전에 책을 읽다가 잠깐 졸았다. 점심을 먹고 나니 글자가 눈에 들어오지 않는다. 이럴 때는 몸을 움직여 집안일을 하는 것이 최고다.

밀어 놓았던 세탁물들을 다리기 시작한다.

예전 전기가 없을 때 어머니들은 철판 다리미를 숯불에 달구어 물을 뿌려가며 온도를 맞춰 사용했다. 그러다 전기사용이 용이해지면서 건식 전기다리미를 사용하며 일이 반으로 줄었다. 요새는 습식에 무선 다리미 등 좋은 제품이 많이 나와 여자들의 일손이 편해졌다.

자글거리던 옷들이 정돈되고 단정해진다. 남편의 남방과 내 블라우스, 그리고 바지들. 요새는 옷감의 질이 좋아 다림질하는 것이 많이 줄었지만, 남편이 회사에 다닐 때는 이틀에 한 번씩 와이셔츠를 다리곤 했다. 아이들 교복과 와이셔츠, 속옷 등 그때는 왜 속옷까지 다림질을 했는지 모르겠다. 쭈그리고 앉아 다리기 시작하니 1시간이나 걸렸다.

와이셔츠 다림질에는 너무 과한 힘을 주면 자국이 생겨 반듯하게 다려지지 않는다. 힘을 뺀 채 부드럽게 가볍게 밀착시켜 쓱쓱 지나가야 한다. 사람 사이도 과도한 사랑보다 힘을 뺀 채 가볍게 쓱쓱 지나가는 것처럼 강도 조절이 필요하다는 생각이 든다.

장마가 시작된다고 하더니 비가 죽죽 내린다. 다림질한 옷들이 습기를 먹고 축축 늘어진다.

다려진 옷들을 걸어 놓고 보니 내 인생의 주름들도 이렇게 다려졌으면 좋겠다는 생각이 든다.

말에는 신비한 힘이 있다고 했으니 활짝 웃는 얼굴로 "주름살아, 펴져라 펴져라." 주문을 외우면 펴질까, 말하는 대로 이루어진다면 얼마나 좋을까, 생각이 현실로 실현될 수 있다면 가능할까. 이런저런 상념들이 빗물에 흘러간다.

삶은 말하는 대로 이루어지지 않지만, 일상은 흘러간다. 젊었을 때는 긍정적인 말을 하고 살면 인생살이의 고달픈 주름들도 펴질 수 있을 것 같다고 믿었다. 그러나 이제는 삶의 모순과 복잡성에 관해서도 이해할 수 있게 되었고, 깊게 팬 주름들도 아름답다는 것을 안다. 최고령 모델 93세의 카르멘 델로피체의 얼굴은 신비롭기까지 하다.

친정어머니는 요새도 옷에 풀을 해서 손질을 한다. 곱게 다려 입고 나오시는 모습에 감탄이 절로 나온다. 인견에 서걱거리는 풀 매무새로 단장한 모습은 보고만 있어도 시원하다. 예술은 잘 차려입은 옷을 입고 성장한 모습에서 피어난다.

날아라 실버보드

"앗, 넘어졌다."

주사위를 던져 나온 숫자만큼 코끼리 모형을 번호대로 균형 있게 높이 쌓는 이 짐보스 코끼리 게임은 집중력과 공간 지각 능력을 활용하는 놀이다. 이 강의는 프로그램 이름이 '날아라 실버보드'라 흥미로웠다.

보드게임은 카드 주사위 나무토막 미플(작은 사람 모양 모형) 등의 온갖 물리적인 도구를 동원해서 이루어지는 게임을 말한다. 원래는 그냥 게임이라고 불렸지만, 스포츠와 비디오 게임과의 구분을 위해 '보드게임'이라는 명칭이 붙었다.

역사적으로는 고대 이집트의 세네트 게임이 최초의 보드 게임으로 알려져 있다. 세네트는 저승으로 가기 위해 연마하는 필수코스로 저승 가는 배를 타기 위해선 뱃사공과 세네트 게임을 해서 그를 이겨야 하는 게임이다. 세네트는 윷처럼 생긴 막대기 네 개를 굴려서 나오는 눈금만큼 말을 전진시키는 놀이로 한국의 윷놀이와 매우 비슷하다.

손주들과 지내다 보니 블루마블이니 루미큐브 같은 게임을 해본 적이 있어 알고는 있었지만, 게임의 종류가 이렇게 다양하고 재미가 있는지 몰랐다. 기억력 훈련과 숫자놀이 그리고 이야기 만들기 등 다양한 놀이가 진행되었다. 가르쳐주는 선생님도 친절하고 같이 강습받는 할머니들도 다 열심히 한다.

그중에서 '이야기 톡'이라는 게임이 흥미로워 나는 카드까지 샀다. 이 게임은 '일상 A' '감성 B' '환상 C'로 이름 붙여진 카드 40장씩으로 구성되어 있다. 타로카드와 비슷하지만 좀 단순한 그림들로 구성되어 있다.

그중에 1장씩을 뽑아 과거 현재 미래의 나의 모습으로 비추어, 자기소개를 할 수도 있고, 5장씩을 나누어 가지고 결

말을 놓고 이야기를 만들 수도 있다. 창의력과 심리 상태 등을 알 수 있어 흥미로웠다.

2시간 수업에 3~4가지 게임을 배우는데 시간이 금방 간다. 나이가 들었어도 게임이라 승부욕이 작동해서 은근히 신경전을 벌인다.

머리가 복잡하거나 마음이 심란할 때 나는 게임을 한다. 게임을 하다 보면 머리가 가벼워지고 생각이 정리된다. 그래서 아이들이 게임에 빠져 공부를 소홀히 하는 것이 충분히 이해된다.

지하철에서도 테트리스 게임을 하거나 전쟁놀이 같은 게임을 하는 사람들이 많은 것을 보면 요즈음 세태를 짐작할 수 있다.

오락이나 사행성 게임이 아니라면 게임은 도전과 성취감을 느끼게 해주고 간접체험을 가능하게 한다. 경쟁과 협동을 통해 협동심을 키워주기도 한다. 시각과 지적 능력 상승에 도움이 된다는 연구 결과도 있고, 노년층 우울증 감소에 효과가 있다는 결과도 있다.

내 안에 또 다른 내가 있을 때 몸과 마음이 따로 놀 때

게임을 한다. 역시 게임은 즐겁고 흥미롭다.

노인의 날 보드게임 놀이를 가르쳐주는 봉사를 했다. 흥미를 보이며 부스에 다가오는 할머니 할아버지들을 지도하며 역시 게임은 사람을 어린아이로 만들어주는 것 같아 즐거웠다. 이겼다고 초코파이 하나를 받아들고 환히 웃는 할아버지의 얼굴에서 잠시 행복을 줍는다.

나는 가끔 도망치고 싶다

그날 나는 그의 첫 고객이 되었다. 『당신에게 전하는 50가지 마음에 대하여』라는 책은 젊은 작가 곽희재 씨가 직접 팔고 있었다. 그는 은행경비원으로 '히웅'이라는 필명으로 매일 쓰고 가끔 달리는 사람으로 살아가는 사람이다. 그의 마음을 훔쳐보고 싶어 샀다. 그중에서 도망이란 단어가 삶에 지친 나에게 문득 다가왔다.

나는 어릴 때 일탈을 꿈꾸며 결혼했다. 50년을 살아보았으나 여전히 제자리걸음에 어깨에 짊어진 짐이 무겁다.

이 나이에 일탈은 무엇을 뜻할까? 히웅의 말대로 '죽기야 하겠나' 하면서 뛰어볼까 한 일 년은 버틸 수 있을까.

나를 위해 과감하게 럭셔리한 호텔에서 살아볼까, 아니면 최소한 가장 검소하고 간략한 삶을 준비할까, 도망치는 삶은 행복할까, 도망자는 반드시 붙잡힌다고 하지만 붙잡히고 싶지는 않다.

하나님은 보시기에 아름답지 못하다고 하실까 아니면 잘했다. '너도 살아야지' 하실까.

아픈 남편을 버리고 떠난 나를 사람들은 욕하겠지, 아니 자식들은 무책임한 엄마를 원망하겠지, 이기심의 극치라고 말할지도 모르지만 도망치고 싶다.

종일 '도망'이란 단어가 내 발목을 남편의 침대에 묶는다. 그는 '도망'이라는 글에서 그 누구도 도망치는 법을 가르쳐 주지 않는다고 말한다.

베란다에 나가 정원의 대나무숲을 본다. '쇄르르 쇄르르' 소리를 내며 잎들이 춤을 춘다. 나는 이 상황에서 도망칠 수 있을까. 도망을 간다면 어디로 떠나야 할까?

제주 한 달 살기, 아니면 지리산 심심산골에서 살기, 아니 해남, 바다가 보이는 땅끝으로 떠날까, 이 궁리 저 궁리 해보아도 답이 없다.

　가끔은 도망쳐도 괜찮지 않을까. 되돌아올 줄 뻔히 알면서도 떠나고 싶다. 아무도 없는 곳으로, 영혼이 숨 쉴 수 있는 곳. 영혼조차 없는 텅 빈 공간. 그 자유로운 곳으로.

　살다가 가끔은 도망치는 꿈을 꾼다. 상상만 해도 즐겁다.

손끝에서 가장 먼 곳까지

119 사이렌이 울릴 때마다
나의 손끝에서 가장 먼 곳까지
화살기도를 날린다.
주님은 들으셨을까?
울부짖는 나의 한숨 소리를
"하나님, 아직은, 데려가시면 안 돼요"

남편의 병간호를 위해 240시간 공부를 하고 요양보호사
자격증을 땄다.

대부분 50~60대이지만, 나는 굳건히 한마음으로 큰언니, 큰누님이 되었다.

다들 절박하게 살아온 인생들이지만 그곳에도 웃음과 슬픔과 위로가 있었다. 합격통지서를 받고 대단한 일을 한 듯 나 자신이 자랑스러웠다.

삶의 무게는 똑같이 고통 불변의 법칙처럼 다가오지만 그래도 조그만 희망의 나래를 펼치며 세상에 날려본다.

남편은 하염없이 세상에 없는 태평한 얼굴로 비 맞은 중처럼 무엇인지 모를 말을 중얼거린다. 시간, 장소, 날짜(지남력)를 모른 채 세상을 낚고 있다. 자면서도 벙긋이 웃고 있는 남편의 모습이 애잔하다.

나의 죄의 찌꺼기들로 인해 남편이 그리된 듯하여 괴로웠는데 하나님의 사랑이 우리와 함께 계신다는 말씀을 붙들고 긍휼하심에 자비를 구한다.

"제발 이제는 나빠지지만 않게 해주세요."

아침기도를 올리는 나의 소원은 간절하다.

'아이고 또!' 남편이 일을 저질렀다.

아무것도 염려하지 말고 기도와 간구로 구하라. 하나님께 감사함으로 아뢰라. 말씀 하나 붙들고 걱정과 근심을 내려놓는다. '자책하지 말아요. 당신 잘못이 아니에요.'

나를 행복하게 하는 이 말씀이 아득한 저세상으로 데려다주며 위로를 해준다.

주문진 앞바다. 철썩거리는 파도가 바위에 힘차게 부딪힌다. 낮게 비상하며 하늘을 가로지르는 갈매기 떼들. 수많은 소리가 나에게 소리친다. 새해라는 말에는 환기력이 있다.

세상의 첫 아침. 삶을 회복시키는 무한한 긍정의 힘. 설사 그것이 일시적 착각일지라도 신속히 회복시키는 긍정의 에너지가 생긴다.

누우 떼가 강을 건널 때

오늘은 온종일 비가 내렸다. 점심을 먹고 커피 한잔을 마시고 나니 정신이 차려진다.

인연 따라 사는 것이 삶이라지만 오늘은 그 인연의 끈이 무겁게 느껴진다.

매년 친정어머니를 모시고 형제들과 여름휴가를 떠난다. 여동생네 부부, 우리 부부, 남동생 2명 이렇게 7명이 떠난다. 어머니는 올해 94세가 되셨다. 아직까지 정신이 맑고 말씀도 또렷하고 셈도 정확하시다. 귀가 어두워 가끔은 우리가 하는 이야기를 못 들으실 때는 답답해하지만 총체적으로 건강하

시다.

어머니는 열심히 살아온 세대답게 억척스럽게 자식들을 돌보고 경제적인 부를 이루신 분이다. 아들 선호사상이 투철하신 분이라 아들들한테는 많은 재물을 주셨다. 그런데 동생들한테 베푼 것보다 시원찮은 보답에 노여워하신다. 제 식구만 챙기는 것이 섭섭하신 모양이다. 세월이 그러한 것을 어머니한테 마음을 푸시라고 말을 하지만 여전히 섭섭해하신다. 이번 여행 때 나한테 '인과응보'와 '참회'라는 말을 써가지고 오라고 한다. 과연 동생들이 그 말의 뜻을 알지 모르겠다.

부모와 자식 간이야 천륜인 것을 어찌 끊을 수 있겠냐마는 그렇다고 어머니 말만 듣고 누나인 내 처지에서 그들을 나무랄 수도 없다. 모든 것이 부모와 자식 간에는 내리사랑으로 당연히 받는 것이라고 믿어왔으니까.

요즈음 세태는 희생이라는 말은 사라진 지 오래된 것 같다. 나부터도 희생하라고 하면 선뜻 나서지지가 않는다. 서울역 노숙자들을 위해 급식 봉사를 도와달라는 부탁을 받고 기꺼이 나서지 못했다. 한두 번은 할 수 있지만, 지속적으로 온몸 다 바쳐 시간을 낼 수 없음을 알기 때문이다. 봉사하는 분들을 존경하고 후원금은 낼 수 있지만 내 깜냥은 온전히 내 생활을 희생해가며 다가갈 수 없다. 우리 세대에서는 자식에게 유산도 물려주지 말고 다 쓰고 죽으라고 말하는 세태다.

복효근 시인의 〈누우 떼가 강을 건너는 법〉이란 시를 보면 굶주린 악어 떼를 향해 몇 마리 누우들이 악어를 향해 몸을 담그고 강물이 피로 물들 때 나머지 누우 떼는 강을 건넌다고 한다. 어떻게 그들은 그런 생각을 할 수 있을까. 자신이 희생되어야 한다고 숙명적으로 아는 걸까.

누군가의 죽음에 빚진 목숨, 역사의 제물로 바쳐진 숭고한 죽음 위에 우리는 살고 있다. 끝없는 사랑과 희생 위에 우리가 누리는 평화는 먼저 살다간 선조들의 피의 대가다. 잃어버린 자식을 찾는 어머니의 애끓는 목소리에는 한이 서린다. 인연의 끈은 모질게 이어진다. 비 내리고 천둥 치고 어떤 고난이 와도 우리 어머니들의 자식 사랑은 변함이 없을 것 같다.

인생은 날씨처럼 변화무쌍하다. 비가 내리는 날은 생각이 많아진다.

마지막 농담

내 책을 찬찬히 다시 읽어보았다. 책 안에 11살 18살 22살 의 젊은 내가 있다. 지금의 나는 힘들고 서럽고 불만스럽지 만, 어린 나는 "안녕"하며 천진스럽게 웃고 있다. 딸은 내 책을 읽고 난 후 "아빠 치매 걸린 이야기만 쓰냐?"라면서 타 박을 준다. 나의 의도는 그런 뜻이 아니었는데 말이다.

8년 만에 두 번째 수필집을 엮고 보니 여기저기서 격려의 말과 위로의 말을 들었다. 그 중 기억에 남는 선배님은 자신 이 남편을 보살폈던 어려움을 이야기해주면서 경제적인 어 려움은 없냐고 걱정해주신다. 그분의 말에 '그렇지, 그것만

이라도 얼마나 다행한 일인가.'라는 생각이 들고 한편 위로
가 되었다.

치매라는 병은 '인생의 마지막 농담'이라고 하던데, 유머
를 좋아하던 남편이라 마지막으로 나에게 농담을 하고 있었
구나, 라고 생각하니 웃어넘기게 된다.

인지가 현저히 떨어져 가는 남편을 보면서 한숨을 쉬다가
눈물을 흘린다. 소변을 실수한 오물을 치우고 있는 내 모습
은 마치 하녀로 전락한 듯하여 자존심이 많이 상하지만, 분
노가 일지는 않는다.

일상의 시간 속에서 내 눈물은 마르지 않지만, 내일은 예
정되어 있고 마음은 평안하다.

[11살]

40년 만에 초등학교 친구였던 Y를 만났다. 대학교수로 정
년퇴직하고 지금은 도예와 요가, 그리고 정원을 가꾸고 산다
는 그녀는 내가 꿈에 그리던 삶을 살고 있다. 세컨하우스는
양양에 있고 주말마다 남편과 내려가 전원생활을 즐기고 있
다며, 곱게 늙은 얼굴로 편안하게 이야기를 한다. 우리는 40

년 세월을 훌쩍 넘어 시간여행을 하며 어린 시절로 돌아가 서로의 처지를 보듬어주며 3시간을 보냈다. 자기가 만든 찻잔을 선물로 주면서 글 쓸 때 애용하라고 한다. 집에 와서 풀어보니 찻잔이 푸근하니 좋다. 넉넉한 도량은 여전했다.

돌아오는 차 안에서 나는 Y를 시샘하며 불안했던 11살 나를 떠올렸다. 여전히 그녀는 언니 같은 마음으로 나를 챙겨주고 있었다. 집에 돌아와 11살 때 사진을 찾아보니, 단발머리에 꽃 원피스를 입고도 찡그린 얼굴의 나는 지금 보아도 밉상이다.

[18살]

종일 18살의 풋풋한 아이가 종알거리며 나를 따라다닌다. 데미안을 읽고 싱클레어라는 소년에 푹 빠져, 선과 악에 관해 이야기하던 그때, 데미안을 만나고 '아브라삭스'라는 말이 신기하여 계속 외우고 다녔던 일이 생각난다.

작년 70살이 넘어 『데미안』을 다시 읽었다. 유튜브에서 책 읽어주는 코너에서 귀로 듣다가 문득 데미안을 만나야겠다는 생각에 책을 다시 샀다. 그 속에는 18살 때 읽고 좋았던 느낌보다 더 묵직한 메시지와 철학이 있었다. 헤세는 융의 영향을 많이 받았는데 가장 위대한 신, 전지전능한 주 아브라삭스를 인용해서 "새는 알에서 나와 자신의 길을 가기 위해 싸운다. 알은 세상이다. 태어나려는 자는 세상을 깨뜨려야 한다. 새는 신에게로 날아오른다. 이 신의 이름은 아브라삭스이다."라고 말한다. 이 말에 심취해 막연하게 외우고 다니던 18살 소녀는 세상을 깨뜨리라는 말에 현혹되어 반항하고 저항하며 센치해 있었다.

그러나 지금 나는 나 자신의 길을 가기 위해 싸우는 것이 무엇인지 조금은 안다. 아브라삭스는 거룩과 저주의 말씀을 말하고, 선과 악, 빛과 어둠, 생명과 죽음이 동시에 있는 경이로운 존재라는 것을 안다. 에바 부인이 말하는 것처럼 지나온 길이 어렵기만 하지는 않았다. 가끔 아름답기도 했다. 18살 소녀가 살며시 70살 할머니의 주름진 손을 잡는다.

[22살]

한국일보 신춘문예에 출품하기 위해 원고를 들고 찾아간 신문사는 내가 생각한 것보다 더 분주해 보였다. 두근거리는 가슴을 안고 돌아오는 길에 이번에도 낙선하면 이제 글은 그만 쓰라는 계시로 알고 접어야겠다는 결심을 했다. 3권의 책은 꼭 쓰고 일생을 마치리라 생각했던 나에게는 큰 용단이었다.

『역사란 무엇인가』라는 책을 가지고 독서토론을 하던 그 시절, 막연했던 미래와 불안했던 사회적 분위기, 집안에서 결혼하라는 압박 등은 나를 떠밀고 있었다. 역사란 과거와 현재의 대화라고 말하는 에드워드 카는 과거를 가지고 역사 지식을 새롭게 생산해내는 '현재의 역사'라고 하지만 현실은 암울했다. 1972년 당시 민주주의는 말살되고 데모로 학교는 휴강이었다. 우리는 최루탄 때문에 눈물을 찔끔거리며 학교 앞 다방에서 음악을 듣는 것이 유일한 도피처였다. 문학이 너무 좋아 가슴 가득 채우던 감동을 글로 표현하고 싶다는 열망을 포기하고 나니, 밀려오는 우울감을 어쩔 수 없었다. 자포자기하는 심정으로 자주 친구들과 어울려, 명동이나 멀리 태릉까지 찾아다니며 놀다 오곤 했다.

그렇게 22살의 푸른 꿈을 접고 나는 결혼을 택했다. 또 하나의 굴레인 줄은 꿈에도 생각 못 하고, 나 스스로 족쇄를

채웠다. 22살 어여쁜 그 나이에 나는 나를 포기했다.

　빨간 미니 원피스를 입고 학교 대강당 앞에서 찍은 사진을 보니 싱그럽다. 하지만 이제는 사진찍기를 싫어하는 나이가 되었다.

포옹

    아침부터 괜한 트집을 잡고 언성을 높이는 남편을 겨우 달래서 데이케어센터에 보내고 나면 진이 빠진다. 그런 날은 종일 기분이 가라앉아 근심과 걱정으로 불안하다.

    조석으로 변화무쌍한 남편의 상태는 나를 불안하게 만들기도 하고 초조하게 한다. 마음을 달래려 시집을 읽다가 '포옹'이라는 단어에 붙잡힌다.

    서양에서는 일상적인 인사법이라지만 동양에서는 아직은 어색하다. 요즘 유행하는 것이 '프리허그(free-hug)'라고 서로를 안아주는 행위다. 하지만 나에게는 아직 자연스럽지 못하다.

　포옹은 체온을 나누는 가장 기본적이고 강렬한 행위며 고독의 치료약이라고 한다.

　이렇게 작은 단어 하나로 시작한 하루는 종일 '포옹'에 매달려 선우정아의 노래까지 들으며 나를 위로한다. 가사 말에 "안아줘 온몸으로/ 나만 보인다는 듯이 꼬옥/ 다 멀어버린 눈으로 woo/ 달려들어 껴안고…" 그녀 특유의 창법과 분위기가 싱그럽다.

　저녁에 돌아온 남편에게 슬며시 물어본다. "왜 나한테 소리 지르고 화를 내는 거예요?" 남편은 어이없게도 웃으며 그럼 누구한테 소리를 지를 수 있냐고 묻는다. 이럴 때 보면 정신이 온전한 것 같기도 하다. 보호자로 생각하고 내가 안 보이면 불안해서 찾아다니다, 길을 잃기도 하지만 만만한 게 마누라라고….

　끝이 보이지 않는 삶의 여정에서 이대로 버티다간 추락할 것 같다. 숨이 쉬어지지 않는다. 가슴을 쓸어내리며 안정을 찾아보지만 답답한 가슴은 계속 통탕거린다. 오늘 밤은 무사히 지내려나 기대를 해보지만 알 수가 없다.

언제부터인지 모르겠지만 남편과 포옹을 한 기억이 없다. 신혼 시절 매일 출근할 때마다 나를 껴안아 주고 가던 남편이 있었는데…. 나는 입맞춤보다 포옹을 좋아해 남편에게 안기는 것을 좋아했다. 요즘 나를 위로해주는 것은 가끔 손주 녀석을 껴안을 때다. 아직 9살인 녀석은 내 가슴에 폭 안긴다. 따뜻하다.

그래서 생각해낸 방법이 자신을 껴안고 쓰다듬어주는 것이다. 나는 스스로 두 팔로 쓰다듬으며 '잘하고 있어' 하고 자신을 달랜다. 덜 따뜻해도 좋으니 예전처럼 남편이 나를 안아주면 좋겠다. 언제가 될지 모르겠지만 그날을 꿈꾸어본다.

슬쩍슬쩍 가슴을 때리다

며칠 전부터 이놈은 끈질기게 나를 따라다니며 희롱한다.

살살 달래도 보고 화를 내봐도 떨어지지 않는다. 희롱당한다고 느끼는 것은 '함부로 대한다'는 의미다.

아침에 일어나니 꼼짝을 할 수 없어 겨우 절뚝거리면서 화장실을 다녀왔다.

"어머니 다리가 매우 아프신가 봐요. 그래서 어떻게 여행을 가시겠어요."라면서 사위가 병원 예약을 해주었다.

3년 전부터 가끔씩 다리가 아파서 초음파 사진을 찍어보니 관절염 3기란다. 그동안 연골주사도 맞고 진통제를 먹어

가며 달래왔는데 어제부터는 완전히 이놈이 파업하며 내 발목을 잡는다. 급히 스테로이드 주사를 3방이나 맞고 집으로 왔다.

결혼 50주년 기념으로 온 가족이 사이판 여행을 준비했다. 아홉 식구가 장정에 올랐다. 그런데 관절염이 나를 괴롭힌다. 그동안 대수롭지 않게 대해 주었더니 반란을 일으키는 것 같다.

남편은 치매 3급으로 지체가 부자유스럽다. 지남력(시간 장소 날짜) 부재로 화장실을 찾지 못해 늘 살펴줘야 실수를 안 한다.

비행기 탈 때까지는 여유가 있어 아이들은 다 제 식구들을 데리고 공항 놀이터에서 놀고 있다고 하는데, 나는 가 볼 수가 없다.

38번 게이트 앞에서 우두커니 앉아 밖을 내다보니 비행기가 왔다 갔다 하는 모습이 보인다.

이번 여행이 자녀들과 하는 마지막 여행이 될 것 같다. 남편의 병세도 그렇고 내 다리도 그렇고 우울한 기분이 슬쩍슬쩍 가슴을 때린다.

겨우 화장실이나 다녀올 수 있는 몸을 가지고 얼마나 더 버틸 수 있을지, 설레고 가슴 벅차야 하는 여행이 약간 두렵기까지 하다.

4년 만의 해외여행인데 이놈이 망치고 있다. 스포츠 테이프로 칭칭 감아놓은 왼쪽 다리를 내려다보며 '제발 살살해 간신히 이 정도로 견뎌 준 것만도 감사해. 고마워'하며 달래본다. 앞으로 남은 인생에서 이 다리 때문에 얼마나 더 고생해야 할까.

인공관절 수술을 권하는 의사 말을 귓등으로 흘리며 수술만은 피해 보려고 고집을 부리며 버텨왔다. 그런데 이렇게까지 나를 곤란하게 할 줄 몰랐다.

이제 수술은 하고 싶지 않다. 그동안 10번도 넘는 이런저런 수술 덕에 몸은 만신창이 되어버렸다. 지난번 어깨 수술 후 전신마취 후유증으로 밤새 토하고 고생한 것을 생각하면 수술은 무섭다. 어찌어찌하여 이 다리를 달래며 살아보자. 집안일도 파업하자.

살면서 나를 괴롭히는 일들은 무수히 많았다. 그동안 자잘한 병들은 나를 괴롭혔고 힘들게 했다. 나는 늘 보호받는 쪽이었다. 그런데 남편에게 찾아온 치매라는 놈과 관절염에게 희롱당하며 일방적인 폭력을 당하고 있다. 내가 남편을 간호해야 하고 보호자가 되어 모든 일을 처리해야 하는 일은 정신적으로 너무 버거웠다.

여행하는 내내 남편을 돌보느라 나는 즐기지도 못했다. 6일 동안 별 탈 없이 무사히 다녀온 것만 해도 감사할 뿐이다.

다녀와서 두 달 후 남편은 요양원으로 들어갔다.

그러지 뭐

봉안당을 준비하려고 여기저기 납골을 안치하는 추모공원을 다녀왔다. 살 집을 계약하는 것도 힘들지만 죽은 후 유골을 안치하는 곳을 찾는 것도 만만치가 않았다. 장소와 위치 그리고 방향과 전망을 어디로 정해야 안온한지 등 살필 게 많았다.

남편이 언제 어떻게 될지 모르니 준비를 해 놓아야 자식들이 당황하지 않을 것 같아 분당에 있는 '자하연'이란 곳으로 결정을 했다.

회색 대리석으로 만들어진 그 작은 집은 가로세로 1m쯤

되는 함이다. 앞문을 열면 일, 이 층으로 8구의 유골이 들어간단다. 남편과 같이 죽어서 들어갈 곳이라고 생각하니, 전망도 좋고 편안한 것이 마음에 들었다. 배산임수(背山臨水)가 명당이라지만 햇살이 잘 비치는 따뜻한 양지면 그곳이 명당이다. 풍수를 믿는 것은 아니지만 아주 무시하지는 못해서 가능한 남남서에 양지바른 곳으로 정했다. 물질 만능의 세상에 돈 없는 사람은 죽어서도 좋은 자리에 안치되지 못한다는 생각에 잠시 착잡했다. 어디쯤 왔을까 가던 길을 잠시 멈추고 뒤돌아보니, 걸어온 길을 모르듯 갈 길도 알 수가 없다.

8년 간 남편을 간호하는 동안 한계점에 도달했다. 요양원으로 남편을 면회 갈 때마다 나는 요양사 선생님들한테 미안하다. 남편의 상태는 세 살 아이보다도 못하기 때문이다.

유튜브에는 '노년을 행복하게 사는 방법'들이 많이 나와 있다. 스님이 강의하는 것도 있고 신부님이 강의하는 것, 상담 소장이 자세히 재미나게 강의한다.

다들 자식에게 재산 물려주지 말고 자기를 위해 즐겁게 쓰다 죽으라는 이야기고, 건강을 최우선으로 삼고 열심히 걸으라는 이야기다. 돈, 친구, 건강만 있으면 노년이 행복하다고 이야기한다. 과연 노년의 행복은 무엇일까 생각해 본다.

오랜만에 선배들과 데이트를 했다. 85세인 S 선배가 다리를 다쳐서 두 달 만에 만난 것이다. 워낙 활동적이던 분이 집에 칩거하고 있었으니 얼마나 답답했을까. 선배는 만나자마자 말이 고팠던 사람답게 이야기를 늘어놓는다. 한 달 동안 누워있다 깁스를 풀자마자 지팡이를 짚고 여행을 떠났던 이야기를, 그리고 실버타운 순례한 이야기를 재미나게 풀어놓는다. 돌아다녀 본 곳 중에 가평이 공기도 좋고 시설이 훌륭하더라며 적극 추천한다. 우리는 열심히 동조하며 들었다. 과연 나이가 들면 어디서 살다가 죽는 것이 가장 행복할까.

다들 요양원에서 죽기는 싫다고 하지만 그게 내 마음대로 되는 것이 아니니 문제다. 첫째 정신이 건강해야 하고, 둘째 다리가 건강해야 한다. 아이처럼 기저귀를 차는 신세가 되면 어쩔 수 없이 남의 손을 빌려야 한다.

살던 집에서 움직일 수 있을 때까지 있다가 요양사나 도우미 아주머니의 도움을 받다가 죽는 것이 가장 좋다고 하지만 형편 따라 해야 하지 않을까 싶다. 죽으나 사나 살 곳이 문제였다.

앞으로 살날이 얼마 남았는지 모르겠지만 이제 뭐든지 마음먹은 대로 '그러지 뭐'하며 긍정적으로 순전한 마음으로 따를 것이다. 백세 아니 백이십 세까지 수명이 길어졌다고 하지만 나는 그렇게 오래 살고 싶지 않다. 죽는 날까지 온전한 정신으로 주변 정리 깔끔하게 하고 웃으며 하늘나라에 가고 싶다.

3
*
畫, 푸른 달을 그리다

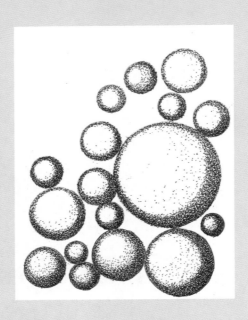

점이 나를 만나다

　　손주들이랑 무수한 점들을 찍어놓고 땅따먹기 놀이를 한
다. 열심히 점들을 이어 선을 만들고 선을 이어 삼각형을 만
들면 내 영역이 된다. 손주는 하나라도 더 그리려고 용을 쓴
다. 어린아이도 자기 영역 표시에는 열심이다.

　　점은 조형의 기본 요소로 위치를 가지고 있다. 하지만 점
의 개수, 밝기, 크기, 찍힌 위치, 점을 그리는 재료에 따라
독특한 느낌을 전달할 수 있다.

　　점들 사이의 간격이 좁으면 빠르고 수축된 느낌을 주고,
간격이 넓으면 느린 느낌을 주어 크기를 다양하게 그리고 포

개어서 새로운 형태를 만들기도 한다.

뒤늦게 미술 공부를 시작한 탓에 아침마다 선 긋기 연습을 한다. 이상하게 점이 이어져 선이 되는 것을 아는데도 선이 잘 그어지지 않는다. 선은 아침마다 기분 따라 삐뚤삐뚤 제멋대로 춤을 춘다. 매일 5장씩 그리는데 어느 곳에 힘을 주느냐에 따라 선의 굵기도 달라진다.

점이 모여 선이 되고 면이 되고 형체가 되듯이 우리의 생각도 그렇다. 직선은 생각이 뻗어간 흔적처럼 나아간다.

오늘은 내 생각이 뒤죽박죽인 탓에 더 삐뚤삐뚤하게 선이 그어진다. 그어진 선이 나를 더 심란하게 한다. 걱정한다고 달라지는 것이 없음을 잘 알고 있지만 요즘 걱정이 많다. 자꾸 과거가 나를 붙잡는다.

인생은 점을 선으로 긋는 과정이라고 한다. 과거를 돌아본다는 것은 점과 점이 이어 선이 되고, 그 선이 어디서 와서 어디로 향하고 있는지를 알아보는 것이다. 나의 선은 과연 어디로 가고 있을까….

호암미술관으로 〈한점 하늘〉 김환기 전시를 보러 갔다. 푸른 빛의 점들이 동심원을 그리며 모였다가 저 멀리 심연으로 흩어진다. 신비로운 기운을 뿜어내는 장엄한 광경, 푸른 화면으로 유명한 〈우주〉로 알려진 김환기의 그림은 그 작은 점 하나하나에 그의 과거가 보이는 듯하다. 10년 전 〈달과 매화와 새〉를 보고 따라 그리며 그를 좋아했는데, 〈우주〉를 보고 나서는 압도당해 존경하게 되었다. 그의 작품을 보면 숙연하기까지 하다.

그의 처절한 작가정신은 40년의 여정을 돌아 점화로 탄생된다. 점을 찍으며 그는 무슨 생각을 했을까 아니면 무아지경에서 그렸을까. 요즘 지도해주는 선생님은 그림은 창작이지만 기술적인 면도 많아서 시간이 해결해 준다고 우리를 격려한다. 빠지지 않고 꾸준히 3년만 하면 어느 정도 자신의 그림을 그릴 수 있는 기술을 습득할 수 있다고 한다. 독자적으로 그림을 그릴 수 있는 시기는 자기 자신만이 알 수 있을 것 같다.

다시 점을 찍고 선을 그린다. 직선이어도 좋고 구불구불거리는 곡선이어도 좋다. 점이 나를 만나 면이 되고 형체가 된다. 나의 점들도 점점 나의 영역을 만들어 간다.

오드리처럼

목요일에는 인물스케치를 배우러 다닌다. 내가 인물화를 그리는 이유는 나를 그려보고 싶어서다. 어떤 회원은 예쁘게 그려서 영정사진으로 쓰고 싶다고 하지만 나는 손주들과 나를 그리고 싶다.

선생님은 눈동자나 입꼬리가 조금만 변해도 다른 사람이 된다고 말하며 표정 연구를 많이 하라고 한다. 그래서 요즘 일과는 사람들의 표정을 열심히 관찰하는 것이다. 전철을 타고 가면서도 살피는데 각자의 모습처럼 모두 다양하다. 보통은 삶에 지쳐서 무표정한 얼굴들이 많다. 그중에 나이 든 중

장년들의 얼굴을 바라보며 그들의 표정과 인생의 여정을 상상하는 것도 흥미롭다. 대부분 입꼬리가 처져 있고 화난 표정을 하거나 무표정한 표정들이 많다.

가끔은 젊은 연인들이 나타나 표정을 보면 확실히 입꼬리가 올라가 있고, 서로를 바라보는 눈길이 사랑스럽다. 인물화에 빠지면 어려워서 힘들지만, 세밀함에 헤어나오지 못한다고 한다.

나는 자식들이 손주를 갖고 태교를 할 때마다 '웃는 모습이 예쁜 아기를 보내주세요' 하고 기도했다. 나는 입이 크고 웃는 모습이 예쁜 사람이 좋다. 내 얼굴에서 가장 못생긴 곳은 입이니까, 더욱 그렇다. 그래서 되도록 친절한 말을 하며 미소를 지어보려고 노력한다.

나는 성정이 급하고 세밀하지 못하다. 생긴 것은 차분해 보이는데, 그렇지 못하다. 사람들은 나의 외모에서 성격이 좋고 여유로워 보인다고 말한다. 하지만 내 속은 그렇지 못하다. 매일 매일 느끼는 감정을 숨기고 괜찮은 척하고 사는 내 모습이 안타까워 저녁에 기도를 드릴 때마다 후회와 회개를 한다. 남들이 생각하는 것처럼 그렇게 살아가면 좋을 텐데, 자신을 비하하고 남들이 칭찬해도 그대로 받아들이지 못하고 우물쭈물한다.

맏딸로 책임감이 강하다 보니 모든 일에 최선을 다하려고 하지만 인생에 느닷없이 닥치는 변수 앞에서는 어찌할 줄을 모르고 가끔 상처를 받는다. 얼마나 마음공부를 해야 평온한 얼굴로 세상을 마주할 수 있는 걸까. 나는 진정 나에 대해 얼마나 알고 있는 걸까.

이 나이가 되고 보니 내 부족함이 무엇이고 어떻게 살아가야 하는지 알지만 고쳐지지 않는다. 살아가는 방식은 각자 인생대로 다르지만, 한가지 진리는 있다. 심성대로 얼굴에 나타난다는 점이다.

거울을 들여다본다. 슬픈 얼굴은 하지 말자. 오드리처럼 상처받는 것을 두려워하지 말자. 활짝 웃으며 담담한 시선으로 사물을 보려고 노력하자.

오드리는 그릴수록 매력적이다. 오드리 헵번을 그리는 이유는 단순하다. 그녀의 머리가 짧기 때문이다. 옆모습, 정면 모습, 비스듬히 바라보는 모습 다양한 얼굴을 그린다. 그녀의 미소가 아름답다. 나는 그녀의 사진을 보면서 어떻게 이렇게 아름다울 수 있는지 궁금해서 인터넷도 찾아보고 그녀에 관한 책도 읽어보았다.

그녀는 발레리나가 꿈이었지만 전쟁으로 우연히 영화배우가 된다. 아무것도 모른 채 영화판에 뛰어든 그녀. 그녀는 자신을 증명하기 위해 열심히 노력한다.

그녀는 "아름다운 눈을 갖고 싶으면 다른 사람들의 좋은 점들을 보고 아름다운 입술을 갖고 싶으면 친절한 말을 하라. 또한 아름다운 자세를 갖고 싶다면 결코 너 자신이 혼자 걷고 있지 않음을 명심해서 걸어라."라고 말한다. 그녀의 미소는 사람을 편안하게 만든다. 그녀의 청순하면서도 다양한 표정과 미소가 매력적이다. 나도 오드리처럼 상대방을 편안하게 배려하려는 미소를 지어보려고 노력해보지만 내 표정에는 편안함이 부족하다.

눈가에 약간의 주름과 부드러운 턱선, 풍만하지도 어려 보이려고도 노력하지 않았던 그녀. 멋지게 아름답게 세상을 향해 나눔을 실천하다가 죽은 그녀. 우아하고 지혜롭고 기품있는 여성 오드리 헵번은 이렇게 말했다. "나는 나로서 이미 충분해요. 가장 중요한 것은 인생 그 자체를 즐기는 거예요."

나비의 깊은 잠

　연애 시절 처음 선물 받은 것이 나비 브로치였다. 더듬이
에 빨간 LED 등을 달고 있는 하얀 칠보 브로치는 신기했다.
어느 겨울날 그것을 코트에 달고 나갔더니 중년 남자가 따라
와서는 그것을 자기한테 팔라고까지 했다. 그때는 LED 등이
라는 게 있는지도 모르던 시절이었지만 비행기의 부품에서
착안을 해서 나에게 만들어준 것이었다. 한동안 소중하게 간
직하고 있었지만 30년이 지난 어느 날 은에 칠보를 입힌 그
것은 날개가 부러져 버리고 말았다. 처음의 감동도 시간 속
에 사라져 버렸다.

아이코 미야나가는 이별의 순간에서 아름다움을 발견한 작가다. 그녀의 작품 〈나비〉는 하얀 날개를 펼치고 있는데 마치 눈(雪)의 결정체로 보이기도 한다. 미야나가는 나프탈렌을 녹여서 모양을 잡아 굳히는 방식으로 작품을 제작한다. 그런 다음 그 작품을 투명한 상자 속에 넣는다. 나프탈렌은 시간이 지나면 공기 속으로 사라지고, 결국 나비의 형체는 없어지고 투명한 상자 표면에 증발한 나프탈렌의 결정들만 다닥다닥 붙어 있게 된다.

그녀의 또 다른 작품 〈시계〉도 역시 형태는 사라지고 나프탈렌 결정만 남아있다. 아름답고 소중한 존재가 내 곁을 떠나더라도 그와 함께했던 추억은 조각조각 기억 속에 남는다는 뜻일까 비록 처음 모양과 다른 형태로 남아서라도 말이다.

남편은 시간을 잊어버렸다. 과거의 조각들이 기억의 저편에서 뒤엉켜 있는듯하다. 어느 날은 양치질하는 것도 잊어버려 칫솔에 치약을 묻혀주어도 손가락으로 이빨을 닦고 있고, 변기 사용하는 것도 잊어버려 아무 데나 실례를 한다. 정월 초하루 차례를 지내고 겨우 정리하고 돌아보니 사과껍질을 먹고 있는 남편을 발견하곤 나는 소스라치게 놀랐다. 점점 쇠락해 가는 남편의 모습을 보는 것이 두렵기까지 하다.

밤 12시 반에 119를 타고 흑석동 중앙대병원으로 가는 길은 암흑 속의 지옥 같았다. 처음 타보는 119차 속은 여러 가지 의약품들과 장비들로 바깥이 보이지 않았다. 저승으로 끌려가는 길 같았다. 코로나 검사로 바깥에서 1시간을 넘게 기다리고서야 응급실로 들어갈 수 있었다. 여러 가지 검사가 진행되고 의사들은 바삐 움직이고 있는데 남편은 거의 의식이 없는 건지 계속 잠을 자고 있다. 열이 내리고 수액을 맞고 정신이 돌아와 묻는 말에 대답은 하지만 여전히 꿈속이다.

"독감 A형입니다."

의사의 말이 저 멀리서 모깃소리처럼 앵앵거리며 들린다. 너무 긴장하고 마음을 졸이고 있다, 맥 풀린 소리를 들어서 그런지 나는 잠깐 멍해지는 느낌이었다. 뇌출혈이나 뇌로 바이러스가 침투해도 의식이 없고 일어날 수 없다는 말에 얼마나 가슴을 졸였는지, 하지마비가 아닌 것만도 천만다행이었다. 화살기도를 무수히 쏘아 올리는 나의 소망을 들으셨나

보다. "주님 아직은 아닙니다. 조금만 더 시간을 주세요."

다행히 응급실은 바쁜 환자가 없어서 검사는 신속히 진행되었고 뇌 CT 사진도 괜찮다고 한다. 노령자들은 독감이 폐렴으로 진행될 수 있고 기력이 달려서 하체에 힘이 전달되지 않아 쓰러지는 경우가 가끔 있다고 한다.

남편이 검사를 받는 동안 나의 머릿속에는 하반신 마비로 휠체어를 탄 남편의 모습이 오버랩되어 지나갔다. 내 힘으로 이제는 남편을 간호할 수 없음을 인지했다. 그리고 예전 요양원으로 들어가는 시아버님의 모습이 스쳐 지나갔다. 가슴이 죄는 듯이 아파왔다. 사위의 도움이 없었으면 퇴원을 시킬 수도 없었다.

그동안 기도를 하며 눈물로 호소를 했지만, 눈물 속에는 해답이 없다는 것을 안다. 그저 이 영혼을 불쌍히 여기시어 기억해주시고 별다른 이상이 없기만을 바랄 뿐이었다. 요양원도 대기자가 많아 한참을 기다려야 차례가 온다고 하니 앞으로 이런 일이 종종 일어나면 어쩌나 싶기도 하다. 남편은 들어오자마자 '배고파 배고파'하며 아이처럼 칭얼거린다. 두유를 먹이고 겨우 달래서 재운다. 나도 누웠지만, 이런저런 생각으로 잠이 안 온다.

그로부터 1주일을 자리보전하고 남편은 누워버렸다. 하루에 20시간을 자는 것 같았다. 웅크리고 자고 있는 남편의 모습은 참새처럼 작아 보였다. '두려워하지 말라 너희는 참새보다 귀하니라' 사소하고 하잘것없는 참새의 생사까지도 주재하신다는 것을 믿지만, 역경이나 고통 앞에서 나는 "why"라고 부르짖을 수밖에 없다.

남편은 깊고 검푸른 잠속에서 사투를 벌이고 있는지 꼼짝을 안 한다. 가끔 숨을 쉬고 있나 손을 대보기도 한다. '끙끙' 소리를 내기라도 했으면 좋으련만 무의식의 저편에서 나름대로 애를 쓰고 있을 남편의 모습에 응원을 보내며 어서 수면위로 오르기를 기도할 뿐이다.

일주일 후 남편은 조금씩 기력을 회복하고 일어났다. 놀라운 생명력 앞에 경이로울 뿐이다. 나중에 이별한 후 형체도 없이 남편은 사그라지겠지만, 나프탈렌의 조각처럼 우리 가족 마음속에 남아있을 것이다. 하얀 나비 한 마리가 저기서 날아오고 있다.

　　　－ 권란의 『나의 다정한 그림』 중 이별 후 남는 것들에서 참고

도라지꽃이 피었다

73년 만에 그 작품을 만났다.

94세인 어머니는 이제 주변 정리를 하신다. 옷과 장신구 아끼던 물건들을 자식들에게 나누어 주지만 며느리들은 질색을 하고 안 가져간다. 큰딸인 나는 어쩔 수 없이 주는 대로 가져온다. 그러던 어느 날 어머니가 전화하셨다. "야야 내가 70년을 간직했던 상보를 찾았다. 네가 보고 작품을 만들어 보거라."해서 가져왔다.

상보는 가로세로 58cm로 남색 비단에 가운데 봉황 두 마리가 수놓은 것이 특이하고 사방에 도라지꽃 3송이와 모란꽃

친정어머니의 수예작품

1송이 그리고 자잘한 야생화 위에 나비 한 쌍이 자리하고 있다. 모란꽃과 야생화는 흔히 보았지만, 도라지꽃은 생소하다.

'영원한 사랑'이 꽃말인 도라지는 슬픈 전설이 있는 꽃이라서 그런지 보라색이 화려하면서도 애잔하다.

'봉황은 굶주려도 좁쌀은 쪼지 않는다'라는 속담이 있듯이 봉황은 지절(志節)이 굳고 품위를 지키는 새로 알려져 있다. 예부터 여인들의 수(繡)의 소재로 많이 쓰였다. 봉황의 자웅이 서로 의가 좋은 것으로 알려져 남녀의 상징으로 쓰였다. 봉황을 수놓은 베개를 봉침(鳳枕)이라고 하며 베개 모판에 많이 쓰였다. 그런데 어머니는 봉황을 상보에 수 놓았다.

19살 처녀는 친구 따라 집회를 갔다가 부역으로 몰려서 잡혀갔다. 그 당시 빨갱이로 몰려서 죽은 사람들은 이유도 모르게 처형되었다. 외할아버지는 외동딸을 살리기 위해 사방팔방으로 수소문을 하여 군인 장교에게 시집을 보내면 살릴 수 있다는 정보를 알아낸다. 전쟁통에 팔에 총을 맞고 후방으로 내려온 아버지를 만나서 담판을 짓고 딸을 살렸다. 어머니는 동네에서 세 손가락에 들 정도의 미인이고 머리도 좋아서 꿈이 큰 처녀였다. 목숨을 구하기 위해 어쩔 수 없이 결혼은 했지만, 집안도 모르고 낯선 아버지가 싫어서 매일 눈물로 세월을 보냈다고 한다. 결혼식 사진에 어머니 쪽 식구들만 있고, 아버지 쪽 하객은 달랑 군인 3명이 있다. 아버지는 경북 봉화사람으로 연일 정씨 집성촌에서 서당에 다니며 공부를 하고 있었는데 결혼을 시키려는 집안 어른들을 피해 일본으로 도망을 쳤다고 한다. 자유로운 영혼에 호기심이 많은 아버지는 일본에서 더 큰 세상이 보고 싶어 혼자 떠나 고생을 하고 있었는데 조국에 전쟁이 났다는 소식을 듣고 다시 돌아온다. 그리고 육군 소위로 자원입대해 싸우다 다치고, 울산에 내려온 차에 어머니를 만나게 되었다 전쟁은 알 수 없는 인연을 맺어 가족을 만들게 했다.

짙은 남색 상보는 찬란하게 내 눈에 다가왔다. 10번도 넘는 이사를 하면서도 그것은 고이 어머니의 품속에 있었다. 아버지 돌아가신 지 벌써 38년이 넘었는데도 어머니는 영원한 사랑을 꿈꾸며 그 상보를 붙들고 있었나 보다. 그동안 한 번도 본 적이 없었다. 어머니는 무슨 생각을 하며 이 상보에 수를 놓았을까.

나는 거금을 들여 작품을 만들어 거실에 걸었다. 영롱한 빛으로 상서로운 기운을 내뿜는 그것을 보고 있으니 어머니의 염원과 사랑, 끈질긴 생명력이 느껴진다. 도라지꽃의 전설처럼 못다 핀 사랑이지만 어머니의 마음속에는 아버지를 기다리는 하염없는 마음이 담겨있다.

나는 이 유산을 외손녀에게 주기로 작정했다. 그나마 왕할머니를 기억하고 있는 손녀이기에 할머니의 기념품으로 간직하라고 했더니 좋아한다.

한세대가 30년, 나를 거쳐 증손녀에게 전해질 이 작품은 100년을 넘기고 길이 존재하며 사랑을 발할 것 같다.

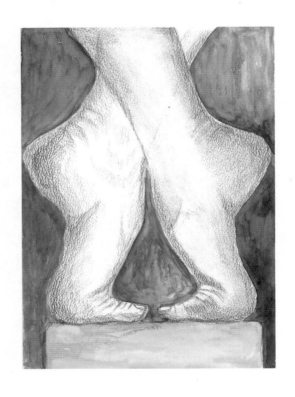

적당한 죄

이사란 몇 번을 해도 끝없는 쓰레기들과의 전쟁이다. 버려도 버려도 한없이 나온다. 겨우 정리하고 나니, 딸은 인테리어에 신경을 쓰며 끝없이 택배를 시킨다, 상자 더미 속에서 보물을 캐듯 찾아낸 물건들은 제자리를 찾고 거기에 있던 기존 물건들은 다시 쓰레기통으로 나간다.

도곡 2동 이곳은 매봉역 가는 길목에 〈70플러스라운지〉 쉼터를 꾸며놓고 여러 가지 프로그램을 운영하고 있다. 며칠 전 문자가 와서 "업사이클링 같이 −가치"라는 환경문화체험을 진행한다는 소식이 왔다. 광명 업사이클 아트센터전시장으로 가서 강의도 듣고 체험프로그램도 하는 것이란다. 전시 제목은 〈엔데믹, 업사이클〉이란다. 생소한 단어다. 엔데믹은 한정된 지역에서 주기적으로 발생하는 감염병으로 넓은 지역에서 강력한 피해를 유발하는 팬데믹이나 에피데믹과 달리 특정 지역의 주민들 사이에서 주기적으로 발생하는 풍토병을 말한다. 그래서 감염자 수가 어느 정도 예측이 가능하며 예를 들면 말라리아나 뎅기열, 메르스 같은 것들이다

　업사이클링은 폐품을 이용해 여러 가지 다양한 제품들을 만드는 작업이다. 그래서 펜데믹의 유산 업사이클이 되어 '새활용'이라는 단어를 쓴다. 전시장으로 들어가니 다양한 작품들이 전시되어 있다. 플라스틱 캔 등으로 하나하나 색을 입히고 연결하여 예술작품으로 승화된 작품들은 진풍경이다. 버려진 마스크로 한복을 만들고 북극곰을 만들고 놀라운 세계가 펼쳐지고 있었다.

　그중 내 눈길을 끈 작품은 〈적당한 죄〉라는 제목을 하고 택배 상자와 계란판으로 만든 두 발이 포개진 작품이었다. 죄를 빌고 있는 모습 같았다.

　'쓸모없음'으로 분류되어 폐기될 시간만 기다리고 있던 상

자. 코로나 펜데믹 속에 편리함만을 추구하는 현대사회에서 우리는 택배 상자와 다르지 않다. 하지만 '희망을 버려지지 않는다'라며 우리를 자신만의 쓸모 있는 존재로 다시 만들어 간다면 각자의 인생에 주인이 될 수 있다고 작가는 말한다. 나는 그 제목을 보고 '적당한'이라는 말이 온종일 맴돌았다.

어느 정도까지가 적당한 것일까. 우리는 언제나 적당히 하라는 말을 무심히 하며 대강대강 처리하고, 대충 버리고 새로운 물건을 사고 잊어버린다. 새롭고 기발한 것이 진정 좋은 것일까 하는 의문이 들기 시작한다.

나는 예전부터 적당히 하는 버릇이 있었다. 무엇을 하든지 처음에 시작할 때는 열정을 가지고 시작하는데 한 5년쯤 지나면 하기 싫어 그만두곤 했다. 서예도 그랬고 고전 공부, 역학 공부도 그랬다. 그리고 퀼트니 악기도 역시 그쯤 되면 싫증을 느껴서 그만둔다. 하여 적당히 했다고 얼버무리곤 했다. 신앙생활 역시 적당히 했다. 불교 공부도 그리하였고 개신교로 개종을 하고 성경 공부도 한쪽 발은 세상에 또 한쪽 발은 저쪽 세상에 걸치곤 적당히 예배만 보곤 했다. 되돌아 보니 그 적당이라는 말에 나 자신을 묶어놓고 영원히 아마추

어로 흐지부지 인생을 낭비한 것 같다.

우리는 병조명을 만드는 체험을 했는데 버려지는 천 조각들과 빈 병을 이용해 무드등을 만드는 작업이다. 유치원 아이들같이 우리는 천을 오려서 병에 붙이고 글루건을 이용해 붙이고 나무 조각에 거꾸로 빈 병뚜껑을 나사로 고정해 박으니 훌륭한 조명등이 만들어졌다. 알록달록한 천들 사이로 은은히 비추는 불빛을 보며 쓸모없음이 제대로 구실을 하여 빛나는 존재로 탄생하는 순간이었다.

가벼이 생각하고 참가한 체험이었지만 지구를 생각하고 환경을 생각한다면 좀 더 신중하게 물건들을 버리고 적당히 처리하지 말아야겠다는 다짐의 시간이었다.

우주에서 보았을 때 지구는 푸른색의 바다와 녹색의 산, 갈색의 흙에 흰색의 구름이 조화를 이루고 있는 아름다운 행성이다. 생물이 살 수 있는 유일한 행성으로 바다에서 생명이 탄생 되었다. 그런데 오염된 바다는 몸살을 앓고 있다. 호주 여행 갔을 때 파란고리문어란 이름을 들었다. 너무나 예쁜 이름에 아름다움만 생각했는데, 테트로도톡신이란 복어에게 있는 독극물을 발사해 치명적인 위험을 준다고 한다.

그런데 요즈음 우리나라 근해에서도 발견되어 사고가 발생하였다고 한다. 이 아픈 지구를 지키기 위해 우리는 철저히 쓰레기를 분리수거하고 일회용 용기들을 줄여야, 미래의 세계가 존재한다는 생각이 든 하루였다. 미세플라스틱 조각들이 해류를 타고 이동하고 고래들이 죽고, 지하수로 침투하여 모든 환경에 존재하고 보이지 않는 위협으로 다가온다.

푸른 달에 닿다

민화는 행복과 평안 장수를 기원하는 뜻이 깃들어 있어 그리는 사람도 보는 사람도 위안을 얻는다.

전시장에 들어서니 많은 작품 수에 놀라고 정교한 작업과 신비스러운 색감에 두 번 놀란다.

민화 문자도는 한문자와 그 의미를 형상화한 그림으로 유학의 윤리관을 압축한 효(孝), 제(悌), 충(忠), 신(信), 예(禮), 의(義), 염(廉), 치(恥) 등 8글자를 그리고 있다. 하지만 작가는 노을, 무지개, 사랑 등을 새와 꽃과 무지개로 현대적으로 표현했다. 상상력과 조형미가 기발하다.

〈책가도〉를 특히 잘 그리는 작가는 지난해 빈 박물관에서 열린 '책거리, 우리 책꽂이, 우리 자산' 전시에 출품하여 국위를 떨쳤고 달항아리 작품은 와인 마주앙에 라벨로 추천되었다고 한다.

나는 '푸른 달'이라는 작품이 마음에 들었다. 푸른색이라기보다 남색에 가까운 색으로 배경이 그려져 있고 달항아리 속에 매화나무가 있다. 작품은 기개가 느껴지면서도 우아하다. 항아리 속에 담긴 매화중 한 가지만 달에 닿는 것이 참신하다.

푸른 달은 한 달에 두 번 보름달이 뜨는 경우, 두 번째로 뜬 달을 말한다. 윤달과 깊은 관련이 있으며 크기도 다양하고 달빛이 청청하다. 동양에서 보름달을 풍요의 상징으로 여기지만, 서양에서는 belewe(배신하다) 라는 뜻으로 배신자의 달이라고 칭한다.

내가 좋아하는 김환기 화백도 푸른 달을 좋아한다. 그의 작품 곳곳에 푸른 달이 있다, 그래서 이 작품이 더 좋은 것인지도 모르겠다.

30년 만에 첫 개인전을 여는 작가, 소혜 김영식은 나와 여고 동창이다. 하지만 작품을 보고 나니 큰 산처럼 느껴졌다.

성정이 워낙 곱고 예쁘고 좋은 일을 많이 하는 친구지만 이렇게 작품세계가 다양한지는 몰랐다. 그림 속에는 그녀의 깊은 내면세계가 고스란히 펼쳐져 있었다. 작품을 보고 있자니 이상하게 푸른 달을 보며 소원을 빌면 이루어질 것 같은 예감이 들었다.

자수를 하는 친구와 전시장을 나오며 우리도 팔순에 그림과 자수 전시를 한번 기획해보자며 웃었다.

전시관 뜰에는 나뭇잎 사이로 비추는 햇살이 사랑의 이미지로 가득했고, 흔들리는 풍경소리가 그윽했다.

선(線)이 달린다

매일 하는 선 긋기 연습이 오늘은 잘 안된다. 대체로 주말을 보낸 월요일이 그렇다. 주중에는 저녁 시간만 케어하면 되지만 남편을 온종일 보살피는 주말이 나를 지치게 한다.

어제는 상태가 좀 좋아 보여 양재천 산책하러 나갔다 왔더니 더 피곤하다. 혼자 걷는 것이 여의치 않으니 붙잡아줘야 하고 조심조심하다 보니 2배로 힘에 부친다.

선 긋기는 5가지를 하는데 직선 곡선 파도타기 각도 맞추어 선 긋기, 필압을 조정하여 곡선 긋기 등 매일 그려도 어렵다.

유튜브 영상을 보고 따라 하지만 나아지지 않는다. 그래도 하다 보면 조금씩 나아지고 있고, 잘했다고 자신을 칭찬하라고 하지만 내가 해보니 그날의 컨디션에 따라 선의 모습이 달라진다. 연습지 500장쯤 쓰고 나면 좀 나아질까.

선생님은 선 그리기가 요가의 나무 자세와 같다고 한다. 나무 자세가 보기에는 쉬워 보여도 막상 해보면 균형잡기가 어려운 것처럼 선 긋기도 쉬워 보여도 쉽지 않다. 하지만 연습하다 보면 몸이 기억한다고 한다.

매일 스트레칭하듯이 선 긋기도 몸에 배어야 할 것 같다. 그림은 창의성과 재능이 아니라 기술이라는 말에 희망을 걸어본다.

나는 왜 그림을 그리려고 하는 걸까 하고 내 마음에 질문을 던진다. 이 나이에 그림을 그려서 전문가가 될 것도 아니고 시간과 돈 들어가는 것에 비해 가성비가 나오지도 않는데 붙들고 있는 것은 무엇일까?

어느 날 김환기의 달항아리 그림을 보고 있다. 가슴에 쌓여있던 울분이 사라지는 것을 경험하고 그림에 붙들렸다. 이상하게 그림을 그리다 보면 잡념이 없어지고 마음의 산란함이 사라진다. 처음에는 눈물이 하염없이 나왔는데 이제는 흐리지 않는다. 그렇게 그림을 구경하다 슬그머니 붓을 들게되었다. 당분간은 선 긋기와 그리기에 매달릴 것 같다.

이제는 조금씩 나빠지는 남편의 인지능력을 보면서 절망하지 않는다. 지인들이나 친구들은 왜 요양원에 보내지 않냐고 말하지만 아직은 아닌 것 같다. 남편을 붙들고 있는 내가미련해 보이겠지만 마음이 놓이지 않는다. 남편이 이제는 혼자 움직이지 못하면 할 수 없이 보내야 하겠지만, 아직은 아니다. 오늘도 목욕을 시키고 달래서 옷을 입히고, 약을 먹이고 자리에 누인다. 반복되는 일상이 단조롭지만 아직은 포기하지 못하겠다. 나무 자세처럼 선 긋기를 몸이 자동으로 기억할 수 있게 연습하고 연습해야 한다.

오타 인생

요즘 책에는 오타가 별로 없다. 교정을 열심히 보는 탓도 있지만, 이제는 컴퓨터가 자동으로 해주기 때문이다. 8년 만에 책을 내다보니 교정을 5번이나 보았는데도 출판 후 다시 보니 두 군데나 틀린 곳이 보였다. 또 내용상에도 문제가 있었다. 이상하게 꼭 출판된 뒤에 잘못된 글자가 보인다.

잠시 살다 가는 인생 전체에 오타가 많다면, 어쩌나 하는 생각에 젊을 때는 조바심을 쳤다. 하지만 계획대로 안되는 것이 인생이라 보이지 않는 곳에 숨어있는 오점들이, 생각하지 못한 곳에서 복병처럼 숨어있다 나타나곤 했다.

신혼여행 가서 남편과 싸운 후 각자 비행장으로 향하며 '아나는 왜 결혼을 서둘렀을까' 신중하지 못한 나의 결정을 후회했다.

남편의 유아적인 모습을 볼 때마다 그리고 독단적인 결정을 내리며 우길 때, 육아에 치여 힘들어해도 무조건적인 희생을 요구해도, 아무 말도 못 하고 참았다. 주어진 환경에 적응하려 노력했다.

결혼생활 49년 이제 놓여날 때도 되었건만, 남편이 병이 났다. 복병이 숨어있었다. 최선을 다한다고 노력을 하지만 알츠하이머란 복병 앞에 무너지고 만다.

앞으로 남은 인생을 오타는 만들고 싶지 않아, 눈을 까뒤집고 살피지만 속수무책일 때가 많다. 하지만 쇼펜하우어는 "삶은 삶을 가장 덜 인식할 때 가장 행복하다"고 말한다. 오타가 좀 있어도 적당히 넘어가 줄 수 있는 아량 있는 사람으로 살아가는 것이 더 현명할 수도 있다는 생각이 든다.

행복해지려면 오타가 있어도 넘어가고 오점이 발견되어도 용서해주고 넉넉한 마음으로 남은 인생을 마무리해야지 하고 잠든 남편 얼굴을 쓰다듬으며 슬며시 웃어본다.

인체의 신비

그녀의 몸은 아름답다.

어떻게 저런 동작이 나오는지 신기할 따름이다.

오늘 인체는 자신의 몸을 한껏 뽐내며 광채를 발한다. 숨소리 하나마저 사랑스럽다. 보고 있는 나 자신까지도 미묘한 숨소리에 가슴이 떨린다. 언제쯤 나도 저런 자세를 할 수 있을까.

젊은 시절 요가를 처음 시작했을 때, 물구나무자세를 가뿐히 하는 선생님을 보고 설레어 나도 벽에 기대어 연습하곤 했다.

미세하게 떨리는 몸의 선이 기타 선처럼 움직인다. 미묘한 음악이 들리는 듯하다. 그리고 있는 나의 손도 같이 떨린다.

크로키는 그리는 대상의 본질을 꿰뚫어 보아야 한다. 인체는 그릴 때 곡선을 염두에 두고 구와 원통으로 파악해야 한다. 각 포즈의 기본적인 입체감을 이해하는 것이 중요하다. 큰 덩어리를 단순화하여 5개의 직육면체 상자에 나누어 조합한 상태로 생각하라고 설명한다.

그러나 인체를 그릴 때 그 사람이 가진 체온, 숨결, 미묘한 움직임 나아가 어떤 생각을 하고 있는지와 같은 감정선까지도 느껴야 한다고 한다. 좋은 그림을 많이 보아야 잘 그릴 수 있다고 하여 에드워드 호퍼의 '길 위에서'라는 전시회에 다녀왔다.

1882년 뉴욕주 나이엑에서 태어난 호퍼는 그림과 문학을 즐기며 성장한다. 부모의 권유로 실용미술을 하다 뉴욕예술학교로 편입하여 예술가의 꿈을 이룬다. 1900년 초 학생 시절에는 얼굴과 상반신 특히 손을 여러 번 그린다. 전시된 손의 모습을 보니 노력과 성공에 대한 열망을 느낄 수 있었다.

1910~20년대의 자화상에서는 예술가로서의 자아 성찰의

측면이 부각된다. 이후 40년대 자화상과 손 그리기를 반복하며 세밀한 근육의 묘사, 명암의 사용 등에 있어 끊임없이 자기 계발을 시도한다.

역시 많은 시간과 노력이 비례해야 그림을 잘 표현할 수 있는 것 같다.

"사과를 그리려다 배가 그려지고 모과가 되듯이 그 언제나 사과가 그려지고 배로 그려지고 실재의 안팎을 고대로 그려낼 수 있을까. "　　　　　구상의 <시법(詩法)>에서 참조

인체는 신비하고 아름답다. 해부학과 근육의 움직임을 알아야 잘 그릴 수가 있을 것 같다. 하고 싶은 공부가 또 늘었다. 취미로 시작한 미술 공부가 점점 무겁게 느껴진다.

보고 그리고 수정하고 다시 그리고, 사과든 배든 무엇이든지 그려봐야 한다. 나의 몸에서도 음률이 흐른다.

그녀의 몸의 선이 섬세한 아름다운 악기처럼 나에게 다가온다.

수필을 스케치하다

화요일 오후 2시 나는 그림을 그리러 간다.

기초 6개월 수업을 마치고 요새는 크로키를 배운다. 한 사람이 모델이 되고 나머지 학생들은 그 모습을 보고 20분 동안 그린다. 처음 그리는 것이라 서툴고 선이 제멋대로이지만 그런대로 포스가 나온다. 20분 동안 모델을 서는 것은 쉬운 일이 아니다. 처음에는 눈을 어디에다 두어야 할지 몰라 허둥거렸다.

그러다 차츰 익숙해지니 그 시간 동안 명상을 하기도 하고 멍을 때리기도 한다. 그림을 그리고 나면 선생님이 선을 수

정해주고 평도 해준다. 마음을 들여다보는 수필처럼 크로키도 그 사람의 마음이 들어있어야 좋은 그림이 된다.

크로키란 잘 그리는 것이 목적이 아니다. 목표를 정해 최대한으로 단시간에 디테일하지만 간단하게 그리는 것이다. 적절한 목표를 정하고 균형을 맞추는 것이 중요하다.

스타일의 다양성을 이해하고 잘 그리겠다는 그림에 대한 편견과 고정관념을 버려야 한다. 사실적이고 건조한 그림보다 유쾌한 그림이 재미있듯이, 개성 있는 그림이 찬사를 받는다. 그러나 개성과 아름다움은 늘 탄탄한 기초위에서만 꽃을 피울 수 있다.

우리는 늘 시작하기 전에 선 긋기부터 30분씩 준비작업을 한다. 처음에는 지루하고 재미가 없었는데 '왜' 선 긋기가 중요한 지 1년이 지나서야 깨달을 수 있었다.

피카소는 '그림이란 진실을 이야기하는 거짓말'이라고 했다. 수필은 사건을 사실적으로 이야기하면 자서전이 된다. 진실을 사유하고 성찰하여 독자에게 감동을 주어야 좋은 수필이다. 하지만 나는 거짓말처럼 재미난, 그림 같은 그런 수필을 쓰고 싶다.

시간의

잎으로

피어나다

정 훈 모 수 필 집

시간의
잎으로 피어나다